Andrea V. Luna

PERLAS NEGRAS sobre MÁRMOL BLANCO

Andrea V. Luna

Perlas Negras sobre Mármol Blanco

Grupo Argentinidad

Luna, Andrea Verónica

  Perlas negras sobre mármol blanco / Andrea Verónica Luna ; editado por Juan Francisco de Sousa ; prólogo de Antonio Las Heras. - 1a ed . - Ciudad Autónoma de Buenos Aires : Argentinidad, 2020.

  176 p. ; 23 x 15 cm.

  ISBN 978-987-4191-70-0

  1. Narrativa Argentina. 2. Novelas de Misterio. 3. Novelas Policiales. I. de Sousa, Juan Francisco, ed. II. Las Heras, Antonio, prolog. III. Título.
  CDD A863

Grupo Argentinidad SRL
www.Argentinidad.com
ediciones@argentinidad.com

Título original: PERLAS NEGRAS SOBRE MÁRMOL BLANCO.
Copyright © Grupo Argentinidad SRL - Juan Francisco de Sousa.
Derechos exclusivos de edición reservados en todo el mundo.
Primera edición.

Queda hecho el depósito que establece la ley 11.723.

Impreso por VCR Impresores S.A.
Ciudad Autónoma de Buenos Aires, Argentina.

Libro de edición argentina.
Impreso en Argentina. Printed in Argentina.

Prólogo
Por Antonio Las Heras [1]

Para el lector dispuesto a penetrar profundo en simbologías, alcanzará con el título de esta obra y las denominaciones de los capítulos para comprender que se encuentra frente a una llave con la cual es posible ir al encuentro de secretos ancestrales. Esos secretos, esas claves, son los que conmueven a las personas desde el momento mismo en que la Humanidad surgió en la Tierra.

Nada aquí es lo que parece. A la vez, cada elemento tiene el sentido justo para iluminar los hechos y las cosas, aclarando la realidad de sus esencias.

Querido lector, ocurre que —en instantes— cuando mueva estas primeras páginas, se encontrará usted comenzando a recorrer el sendero de una real «obra alquímica».

Se lo dije: pudo notarlo de antemano con sólo atender al título de la obra o a mirar cómo se denomina cada capítulo. Los hitos del sendero alquímico. Los pasos requeridos para llegar a la trasmutación que permite la aparición del nuevo ser.

No es casual —de ningún modo— el viaje a la Patagonia, los personajes míticos, los diálogos en apariencia oníricos sobre los cuales se trata en estas páginas. Tampoco las aparentes

---

[1] **Antonio Las Heras** (Buenos Aires, 12 de julio de 1952) es doctor en Psicología Social, magíster en Psicoanálisis, filósofo y escritor. Preside la Comisión del Libro de Filosofía, Historia y Ciencias Sociales de la Sociedad Argentina de Escritores (SADE). Dirige el Instituto de Estudios e Investigaciones Junguianas de la Sociedad Científica Argentina. Artículos de su autoría son publicados en los más importantes diarios de la Argentina. Autor entre otros libros de "La Madre María: Biografía de una mujer extraordinaria"; "Pancho Sierra: El Resero del Infinito"; "Ovnis: los documentos secretos de los astronautas"; "Belgrano y la Masonería".

confusiones surgidas por el prejuicio tan «normal» de hacer suposiciones en base a las máscaras. Un nombre, por ejemplo, es máscara útil para ocultar la realidad de una esencia, confundir a los demás y escabullirse por sitios inesperados.

Perlas negras sobre mármol blanco. ¿Se le ocurrió antes a alguien describir de semejante manera ese piso de baldosas blancas y negras intercaladas armónicamente, inevitable en toda logia masónica? Sugerente descripción de la síntesis y adecuada integración de los opuestos.

Pues bien, así ajustan en el damero de las páginas de este libro las oposiciones siempre vigentes en todo vital acontecimiento humano.

Hasta aquí no he puesto ni una vez la palabra «novela» para referirme a esta obra de Andrea V. Luna. Para este caso en particular, ese término también es un engaño, una máscara sigilosamente diseñada.

Querido lector, si usted se atreve a estas páginas —como estoy seguro lo hará, por lo inevitable de las mismas— lo que habrá de hallar es un mapa minuciosamente logrado de la transmutación humana desde el mundo de los supuestamente «normales» hasta la orilla de lo anormal, atípico y diferente que, a fin de cuentas, es lo que nos saca de la manada haciéndonos únicos e irrepetibles.

Se lo estoy avisando estimado lector: Cuándo haya leído el último párrafo de este libro... ¡Usted ya no será el mismo que aquel que hubo sido cuando recién avanzaba en las primeras frases!

1
Preludio

En un sitio alejado del mundo, justo en medio de una planicie interminable, vivía un hombre solitario en una muy rústica cabaña de troncos blanquecinos. No se trataba de un misántropo en sentido estricto ni estaba rodeado de la nada misma, sino que permanecía alejado del trajín del gentío como una elección personal: no deseaba ver a nadie. De alguna manera, consideraba que cualquiera de mente pequeña (la mayoría, según su propia opinión) lo distraería de la directriz que ocupaba sus largas horas de sueño y de vigilia desde hacía muchos años, más de los que era capaz de recordar.

El campo le servía de cobijo, de guía y de consuelo. ¿Qué más podía pedir? Si los inviernos no eran tan duros y los veranos se veían mitigados por la sombra de los árboles que crecían frondosos junto al invernáculo en el que pasaba sus pocos minutos de ocio y sus interminables horas de arduo trabajo. Un serpenteante aunque lentísimo arroyo de matices irreverentes le proporcionaba canciones de cuna y agua fresca para él y para los pocos animales que tenía consigo y que hacían su vida menos monótona. No tenía un perro, tampoco un gato: una mascota hubiera sido una distracción mayor que no podía permitirse.

Las noches estaban cargadas de grillos y los días parían luces de esperanza. Así de noble resultaba su estancia en soledad: nadie lo había obligado, nadie le había hecho ningún daño, nadie lo había abandonado... tampoco nadie lo esperaba. Sin embargo, ese no era el motivo de su alejamiento de la humanidad.

Tomó el hacha luego de recordar, así, de pronto, que el invierno no tardaría en llegar y necesitaría leña para calefaccionarse: sus eternas jornadas de labor le habían hecho olvidar ese menester. Salió e infló los pulmones con el aire insolente de la madrugada, que sabía a hierba fresca, manzanilla y viento que venía del oeste, desde los lejanos Andes nevados y fríos. Extrañaba ver las montañas al despertarse, extrañaba que no estuvieran allí acompañándolo en cada hora de aquella vida a la que, pese a la morriña, no deseaba regresar. A veces, cuando se permitía un momento de descanso, podía imaginar que las nubes esponjosas y lejanas perfilaban los cerros del que fuera su pueblo natal, lejano, sencillo, olvidado por los derroteros y los trajines. Había migrado muy joven a la, para él, ampulosa ciudad de Mendoza, aunque nunca la había considerado un verdadero hogar y se marchó al poco tiempo hacia otras orbes más lejanas, que también había dejado atrás… cada una en su momento. Le resultaba un esfuerzo sublime e innecesario recordarlas a todas: Córdoba, Buenos Aires, Salta, La Plata, Bahía Blanca, San Julián, Ushuaia… y, después de ellas, París, Londres, Roma, Atenas, Budapest, Estambul, El Cairo…

Estaba solo y así debía ser. Mientras el hacha cumplía su cometido con la destreza que le proporcionaba la experiencia, el hombre pensaba en el próximo paso a dar. Pronto terminaría la primera y más larga etapa de su obra culmen tras años de delirio creador, de insomnio obcecado. Largos habían sido sus días de aprendizaje, y severos sus maestros en las extraordinarias ciudades y en los escondidos pueblecillos que había recorrido buscando en los resquicios de la sabiduría los secretos más custodiados por los sabios herederos del conocimiento antiguo. Tal vez, más severos habían resultado los otros maestros, los que se escondían de las multitudes y de las luces del mundo, permaneciendo en las sombras y en las hendeduras de las piedras o las sombras de los bosques inexplorados. Siempre había considerado esos años de juventud como una simiente que resultaría inquebrantable y sobre la que construiría el mayor prodigio que un hombre pudiera realizar … o se hubiera atrevido a soñar.

Apiló la madera recién cortada en el cobertizo con el mismo esmero con el que hacía todo en la vida. Sonrió dibujando una mueca dudosa y se dirigió con parsimonia al lavabo para asearse a conciencia. Sus manos siempre debían estar inmaculadas: sabía que la tarea que llevaba a cabo se había sacralizado hacía mucho en su mente, en su corazón, en su espíritu; y esperaba que su entorno así lo entendiera también.

Siempre había trabajado con alegría, pero últimamente se había dado cuenta de que algo terrible comenzaba a ocurrirle: el correr de los años. Le temblaban las manos por la mañana, señal indiscutible de que el tiempo avanzaba con pasos agigantados, acortando los plazos, acelerando el pulso, enlenteciendo la voluntad. En su interior sabía que todo debía quedar concluido lo antes posible. Un leve malestar le recordó que no había comido nada todavía. Luego de un desayuno frugal y desabrido, tomó la caja en la que guardaba todas sus herramientas, las mismas que de ninguna manera dejaría solas, y se dirigió al invernáculo para continuar su minuciosa labor, decidido esa vez a darle fin en no demasiadas horas más.

Mientras andaba bajo la luz todavía crepuscular, consideró que sus maestros habían sido los más sabios y que, ahora, le tocaba a él demostrar que lo aprendido no había caído en el vacío de los tiempos olvidados sino que estaba dispuesto a escribir en el bronce de la Historia una hazaña nunca antes vista. Y no solo eso, quería superar a sus mentores… en realidad, quería hacer de sus doctrinas, diferentes y distanciadas, una nueva que fuera la conjunción de todas ellas con el invaluable aporte de su propio intelecto.

El sitio era un ensueño convertido en realidad tangible por estricta decisión del hombre solitario cuyo nombre él mismo había resuelto olvidar, aunque solo hasta tanto todo estuviera listo. Construido con base octogonal, cada una de las paredes de un vidrio gruesísimo daba a uno de los puntos cardinales de la Rosa de los Vientos, que había trazado con singular exactitud en el suelo, sobre el piso de ladrillos cocinados a fuego lento. Solo el techo de madera y teja enrarecía la vista sublime del entorno. En el centro, en el eje mismo de la estancia, se erguía una estatua de un mármol blanco inmaculado y tan puro que hasta el agua cantarina del arroyo cercano lo podría envidiar. La luz del sol que la bañaba parecía pedir permiso antes de crear en ella algún claroscuro que pudiera ensombrecer su belleza. Con la delicadeza y la pasión de un amante, el hombre pasó las manos sobre cada centímetro helado de la piel de la mujer que creaba con cinceles y escofinas. Revisó, incluso, el largo y el grosor de cada cabello y si caía adecuadamente sobre los hombros delgados y fríos. Cuando aceptó que ella sería perfecta, comenzó a pulirla con piedras pómez y esmeril. No deseaba obtener ese brillo antinatural de las esculturas de Miguel Ángel Buonarroti, aunque considerara su obra sobradamente gloriosa. Nada de eso: deseaba que ella tuviera la piel con la tersura propia de una mujer de verdad. Centímetro a centímetro la fue texturando, observando cada detalle y corrigiendo cada mínima imperfección. Poco antes de ocultarse el sol dio unos pasos hacia atrás, alejándose para contemplarla con asombro y deleite indecibles, con la misma complacencia de algún dios desconocido luego de haber creado la materia de la que se componen los hombres. El cansancio y la debilidad por no haber vuelto a ingerir alimento alguno durante toda la jornada hicieron mella en el hombre y, sin que pudiera evitarlo, cayó dormido, rendido a los pies de su propia obra.

Creyó tener un sueño… O tal vez fuera otra cosa: una premonición, un recuerdo perdido o el revivir una vida pasada de generaciones atrás… O tal vez…

Se vio a sí mismo desandando un viejo camino abierto con tosquedad en la espesura de un monte de sierpes y alacranes, de yacarés asomando su mirada en algún moribundo riacho. Vio la vegetación cansina intentando sobrevivir a la sequía, creciendo raquítica y amarronada. Sintió su propia piel resquebrajarse y arder bajo el sol inclemente y el agobio de un sendero por el que nunca se colaba el aire fresco. Paso a paso, sin embargo, andaba sin que nada importara, salvo llegar a su meta distante o cercana.

La saliva espesa dentro de su boca ahora sabía a tierra estéril. Quiso recordar el sabor del agua fresca, pero no pudo. Delante, el camino tal vez se torciera en un último recodo. Una mínima tapera, un destartalado abrevadero, algunos animales escuálidos… y poco más.

Se vio golpeando las palmas, esperando saber si el posible habitante de aquél desolado paraje lo consideraba digno. Al

primer sonido de pasos, se irguió echando los hombros hacia
atrás.

* * *

Cuando por fin despertó, el disco lunar se había convertido
en algo que se parecía a alguna antiquísima moneda de plata, de
esas que se usaban para hechizos y brujerías, que resultaban en
la nada para los comunes, pero que para los entendidos eran
prodigios admirables.

Una extraña luminiscencia le daba a la estatua aires
rosáceos que, lejos de opacarla, le brindaban una apariencia
imperfectible. Se incorporó con cierta dificultad sosteniéndose
de un pequeño mueble que hacía las veces de mesa, armario y
banqueta. De inmediato, notó que sobre él todavía estaba
dispuesto el menudísimo almuerzo que nunca había tocado y,
sin pensarlo un instante, lo engulló con ávido placer. Eso fue
suficiente para recobrar fuerzas y, para elevar el ánimo. Bebió
del vino que había reservado para ese momento en especial: el
momento de ver cumplido su sueño más febril, la única meta de
su propia existencia.

Contempló su obra una vez más y la encontró sumida en la
espera. Asintió. Sin dejar de mirarla, encendió las lámparas de
aceite que hacía años había dispuesto por toda la sala. Observó
las luces y las sombras que arremetían contra el mármol y fue
torciendo cada candela hasta que la coloración que le brindaban
coincidió con lo que su mente había imaginado desde siempre.

Si pudiera cambiar la historia, su propia historia, ¿lo haría?
No. Estaba seguro de que haría todo de nuevo, cada decisión,
cada segundo vivido, cada caricia, cada atrocidad cometida…
todo lo llevaba a ese preciso instante de complacencia. Poco le
quedaba ya de conciencia pura e inocente. Todo lo haría de
nuevo y sin importar nada… ni nadie. Mataría si alguien fuera
capaz de arrebatarle esos segundos de plácida contemplación.

Ante sus ojos atónitos, como un regalo del destino o como
premio a su fe en aquello que se esconde en los resquicios de la
realidad, la mujer comenzó a parecer hecha de carne y hueso.
Posó sus manos temblorosas sobre ella: solo su inmovilidad y la

dureza de su piel le recordaron que era una estatua. Los nervios le fallaron cuando le acarició las mejillas… y las sintió tibias.

2
Viaje iniciático

Hacía diez minutos que el despertador reproducía una alarma que le punzaba los oídos. Si no tenía voluntad para apagarlo, pronto se encendería la radio... astutamente colocada en un dial que odiaba con toda el alma. Antes de despertar del todo, ya comenzaba a odiarse de nuevo por... por... por poner una radio que odiaba con toda el alma.

—*Courage* —murmuró, pero apagó todo lo que pudiera producir algún ruido molesto, dispuesto a darse la vuelta y seguir durmiendo.

Insultó al perro del vecino que se le había dado por aullar como si estuviera anunciando el fin del mundo. Pensó el insulto en realidad, porque no tenía ganas de abrir la boca ni para bostezar, ni para nada... menos para gritarle al sinvergüenza... del vecino: el perro no tenía la culpa de estar encerrado en un departamento. Frunció los labios moviéndolos de un lado hacia otro, intentando que algún músculo fuera capaz de responder alguna tímida orden de su cerebro. El animal seguía a los gritos sin compasión, sin idea de nada, en su mundo. Se dejó colmar por una envidia primitiva.

Había sido épica. La noche anterior había sido épica... y para nada recomendable algo así horas antes de un viaje de trabajo. Abrió los ojos solo para darse cuenta de que todavía seguía con náuseas.

—¿Quién me manda...?

Ni una ducha bien fría logró sacarle la somnolencia y la pesada resaca. Se detestó por eso y no le importó: nunca había tenido demasiada conducta. Se encogió de hombros y miró el reloj que acababa de ponerse en la muñeca derecha: llevaba la izquierda todavía vendada, luego de distenderse los tendones en un partido de vóley la semana anterior. Las cuatro de la mañana... de la madrugada... de la noche. ¡Ufa! No podía distinguir adentro o afuera de su cerebro. Se calzó el abrigo sin cuidar si el cuello quedaba retorcido o no, manoteó una galleta, sorbió la última gota de café y salió... solo para regresar hecho una furia: se había olvidado todo: teléfono celular, documentos, mochila, ¡el pasaje! «¡Qué infeliz! Todo está en el celu. Todo está en el celu», pensó, se palmeó la frente y salió corriendo porque de seguro el tipo del radio taxi ya estaría esperándolo afuera del edificio.

Alguien podría pensar que Buenos Aires sería una ciudad muerta o, al menos, moribunda un domingo a esa hora: todo lo contrario. Solo que la vida era... bueno, era otra. Parecía un lugar diferente, un mundo en el que cada quien podía darse la libertad de pensarse sin tapujos, sin el velo de la plena luz del día que, lejos de aclararlo todo, terminaba siendo una máscara necesaria. La madrugada se iba y llegaría la otra penumbra, la de la esclavitud del qué-dirán. La Capital estaba aletargada y comenzaría lentamente su trajín cotidiano... como él. Las luminarias ambarinas y las luces de los escasos autos que circulaban por calles y avenidas le parecieron ese día una visión fantasmal casi, aunque absolutamente hipnótica, mezcladas las atmósferas del exterior con el revuelto del alma, el sueño y la pesadez del atracón de la noche que también empezaba a disiparse... esperaba que pronto, o el vuelo sería desagradable, muy desagradable.

Estaba del otro lado del mundo, pero el taxi iba rápido. ¿Tendría tiempo de repasar sus notas? Abrió la agenda (¿Por qué no se podía acostumbrar a un poco más de tecnología?) y echó un vistazo rápido al asunto. Lo esperaría un tal Alex Kuzeluk en el aeropuerto de Neuquén y se iría con él hasta Centenario a escasos quince kilómetros por la autopista de la Ruta Provincial Número 7. Intentó memorizar el nombre... «Alex Kuzeluk, Alex Kuzeluk», repitió un par de veces aunque sabía muy en su interior que sería de lo más inútil. No importaba mucho: lo había señalado en rojo para destacarlo de los demás datos a tener en cuenta. De todas las habilidades que había logrado aprehender en tantos años, recordar los nombres se le negaba de un modo calamitoso; no era que le preocupara, pero… no lo hacía mejor en lo suyo.

Frente a él, la avenida 9 de Julio lucía más grande de lo habitual y, más allá, el Obelisco emblemático estaba sumido en una bruma ambarina que no le permitía vislumbrar su cúspide piramidal. Parecía señorial, en verdad… con la simplicidad de lo simbólico que le otorgaba un nadie-sabe-bien-qué mágico y sempiterno.

Lo bueno de salir tan temprano era la poca afluencia de gente en el aeropuerto y la mayor rapidez en abordar el vuelo. Lo demás, había sido prácticamente un trámite: hora y media más o menos de viaje (lo suficiente como para una siesta y terminar de recuperarse) y nada de rescatar maletas. Se calzó al hombro la mochila con una escasa muda de ropa, acomodó el maletín en la derecha y se bajó del avión algo mareado todavía… no por el viaje, sino porque la azafata no había sido nada dulce al despertarlo. Se desperezó. El aeropuerto estaba más enérgico que él, lo cual le resultaba bastante esperable. Frunció los párpados buscando algún indicio del tal Alex («¡Wi! ¡Me acordé!»), pero no encontró nada, por lo que ocupó su tiempo en terminar de despabilarse, no sin cierta resignación. Alrededor suyo, varias decenas de personas, tal vez más, se aprestaban para su *check in* enredados entre bártulos, bolsos, carteras, abrigos y apuros. No, el lugar no era grande y pronto quedó casi desierto.

—¿Señor «*Donarruna*»?

—Donarrumma. Soy Didier Donarrumma —aclaró. Se puso de pie y extendió la mano para saludar a su interlocutor, con una poco disimulada sorpresa en la mirada.

—¿Vos sos? —«Imposible, imposible… hacía unos minutos lo sabía».

—Alejandra Kuzeluk: Alex.

Una mujer de unos treinta y vestida… Frunció los párpados… le hablaba con una sonrisa.

—¿Se encuentra bien?

—Sí. Es que esperaba…

—¿Un hombre? —propuso divertida.

—Disculpame… solo me dijeron «Alex».

—Así me dicen… desde siempre, supongo. Me manda…

—Sí, ya sé. Evítame el nombre de *ese*.

—A mí tampoco me cae bien, no se preocupe. En realidad, creo que no le cae bien a nadie… pero tampoco nadie duda de su eficiencia.

Tenía razón. Y en situaciones extremas como aquella, bien valía la pena, incluso, hablar con el jefe de la policía neuquina, aunque solo si era estrictamente necesario: eso sí, preferentemente por teléfono. El tipo era desagradable, con esos modales de trol mal terminado y su permanente gesto de estar oliendo… oliendo… *«Démons!»*, masticó entre dientes: había estado pensando en voz alta. Notó la risita disimulada de Kuzeluk.

—Em… Le traje un café.

—Buen detalle… gracias. —Dudó si la tal Alex era sincera o si se trataba de un gesto de esos que después piden favores. Caminaron algunos metros hasta el auto, se acomodaron sin demasiada dificultad y partieron en seguida.

—¿Es lejos? —preguntó haciendo como si tomara la iniciativa… no quería que la joven pensara de entrada nomás que estaba loco: necesitaba mantener un dejo de autoridad, aunque fuera incipiente. Dio un sorbo largo, evitando ruidos molestos, pero deseando beberlo lento, con la mayor fruición posible.

—No, y hoy, a esta hora, la ruta es más rápida que lo habitual. Nos vamos por la avenida de Circunvalación hasta el barrio Parque Industrial, de ahí a Centenario y luego vamos al Balneario Municipal… ¿Lo llevo al hotel para que se instale y se pueda cambiar? Después de la lluvia, todo es un chiquero… Ni le digo a donde vamos…

—Ya me vine preparado —dijo señalándose los pies: llevaba zapatillas de *trekking*. La verdad era que no deseaba quedarse más de lo necesario—. Me dijeron que el problema fue lejos de ese Balneario…

—Bastante, sí… Pero es la única manera de llegar. ¿Nunca estuvo por acá, Donarr…?

—Didier, por favor… Y de vos, que no soy ningún fósil. —Suspiró. Ya no aguantaba tanta ceremonia—. ¡Ah! Y no: solo estuve de pasada hace un par de años…

Ella asintió.

—Hay que meterse por algunos caminos entre las plantaciones… es en el margen del río, pero no es zona turística —prosiguió, y le entregó una carpeta—. Rescaté esto para usted.

—Vos…

Hacía bastante que había amanecido, era evidente, pero unos nubarrones oscurísimos propiciaban la sensación de ser todavía de noche y de que la lluvia regresaría en cualquier momento solo para complicarlo todo: había mucho para hacer y necesitarían trabajar rápido. Repasó mentalmente si tenía todo lo necesario y supuso que sí… supuso… y si no, ya era tarde. Se encogió de hombros.

Callaron un rato mientras Didier fruncía los ojos intentando ver de qué se trataba el asunto. Se puso los anteojos de leer, abrió la carpeta en cualquier hoja y encendió una luz del techo del vehículo: no debió haberlo hecho, no ante esa fotografía en particular.

—Pará el auto.

—¿Ahora? Estamos llegando a Centenario…

—¡Pará que me quiero bajar! O te vomito encima.

El aire húmedo que venía del río le refrescó la cara apenas abrió la puerta del lado del acompañante.

—*Crétine de merde!* —murmuró enojado, sin importarle los modales.

Se bajó de un salto y comenzó a caminar por la banquina. Una punzada en el estómago y el obvio barrial entorpecieron los pocos pasos que pudo dar para alejarse. Respiró con la boca bien abierta, forzando sus pulmones a renovar el aire y a meter algo de naturaleza viva: necesitaba serenarse y volver a la normalidad. Una noche de parranda y una hora de sueño… ya no estaba para esas cosas, pero un hermano no se casa todos los días y la despedida de solteros había sido inexcusable… y monstruosa… y… y… nunca hablaría de ello.

—¿Estás bien?

—¡No, nena, no! ¿Por qué no me avisaste?

—Pensé que era lógico... —Contuvo el deseo de gritarle: «¿Nena? ¿En serio?».

—Pensó... ella pensó, ¿qué? —masculló por lo bajo esperando no ser oído. No tenía la culpa, ni él tampoco: el destino sí. La miró de reojo. ¿De dónde había salido? ¿De una propaganda de la década del '90? Si la escuchaba cantar un *jingle* de algún comercial estúpido... se iría de allí haciendo dedo.

—Perdón... Nunca se me hubiera ocurrido que un tipo como usted, como vos... bueno... Yo vomité anoche.

Didier se la quedó mirando sin saber qué hacer con ella. Por primera vez, dedicó unos segundos a observar a la mujer que tenía en frente: el largo cabello de un castaño oscurísimo, semirecogido con algunas trenzas grandes y desprolijas. Vio por primera vez (¿Tan distraído había estado?) su ropa de estilo retro: camisa y *sweater* a cuadros, los ajustadísimos *jeans*, la larguísima bufanda, las botas tejanas... Ladeó la cabeza. Supo, por la expresión risueña de Alex, que había puesto cara de estúpido y optó por cambiar de tema.

—¿*Hipster*?

—¡No! —Rio divertida—. Pero, ¿no es mejor darle su debido valor a lo *indie* que sucumbir ante una moda hueca?

—Tenés razón —asintió—. Además... ¿Qué es eso?

Una delgadísima y serpenteante columna de humo se diluía a lo lejos, hacia el noroeste, mecida por un viento suave aunque implacable.

—Parece que es un incendio forestal... o de las plantaciones que están cerca del río.

—Mientras no sea de donde tenemos que ir...

Se miraron aterrados y, sin mediar palabra, se metieron en el auto a la carrera, deseando estar equivocados.

No importaron las velocidades máximas y agradecieron que la mañana del domingo no les pusiera en el camino ningún peatón despistado. Se sucedieron las avenidas, las calles, la ruta interprovincial, el acceso al Balneario, los caminos zonales, otros apenas delimitados... hasta apearse en un descampado tan aislado como se podía estar en aquella zona de plantaciones de frutales.

—¡Ay, Dios! ¡Menos mal! Es del otro lado, en Río Negro.

Didier suspiró aliviado.

—¿Es lejos?

—Unos seiscientos metros más o menos hasta el patrullero y unos cien más después.

Didier tomó sus cosas y asintió dando a entender que estaba listo. El suelo estaba resbaladizo, demasiado para el gusto de un tipo cuya única experiencia en el barro solía ser de vacaciones y entre malas palabras. Era un espécimen de ciudad y siempre lo sería; sin embargo, rechazaba con vehemencia que lo tildaran de «porteño bruto». «Porteño sí», solía defenderse, «bruto… no siempre». Caminaba con cuidado, algo más lento que la mujer, a quien parecía no molestarle ni el chiquero que pisaban ni la llovizna que acababa de mezclarse con la bruma. «Es rara», pensó, viendo cómo se desenvolvía sin hacerle asco a nada. Se subió el cierre de la campera todo lo posible, se calzó la capucha y escondió el mentón allí, en el refugio cálido que suponía algo familiar y cotidiano. Nunca se le había dado bien meterse por lugares nuevos.

—¿Estás bien?

—No tengo dotes de explorador.

—Ahí está la patrulla. Necesitamos apurarnos para no tener problemas si llega a largarse a llover.

Alex se adelantó unos pasos y le indicó que guardara distancia, que ella se haría cargo de tratar con los policías destacados en el lugar. No tardó mucho. Era extraño aunque reconfortante a la vez. No, no tan reconfortante: eso no era correcto.

Anduvieron varios metros más en absoluto silencio, en dirección al río, hasta estar seguros de no ser escuchados.

—¿Qué fue eso?

—Dejarían entrar al Diablo por unos pesos.

—¿Estás loca? ¿Los coimeaste?

—¡Claro que no! Les dije que si no te dejaban pasar los haría suspender.

Didier se detuvo en seco.

—¿Se puede saber quién mierda sos? ¿Cómo corno tenés la autoridad para decir semejante cosa?

—No la tengo. —Hizo un gesto ampuloso invitándolo a seguir andando—. La tenés vos.

—¿Qué caraj…?

—Es ahí —dijo señalando un sector del descampado unos cuarenta metros adelante—. Vos hacé gestos de mandón y yo te explico.

Pero Didier ya no la escuchó… de hecho, hasta olvidó por un momento que Kuzeluk estaba allí con él. Metió la mano en su mochila y sacó la agenda. Se restregó los ojos para quitarse el último vestigio de malestar y se quedó observando cada detalle que lo rodeaba con el gesto pensativo y la mano cubriéndose la boca. Ya no sentía asombro, ni repulsión, ni nada que no fuera un creciente deseo de revancha. Leyó con dificultad, alejando sus notas para enfocar mejor.

—¿Y?

—¿Vos decís que la Científica estuvo acá?

—Eso me dijeron…

—Igual, es al pedo si no saben qué buscar.

—¿Vos sabés?

Se agachó cuando el otro lo hizo. Se puso a su lado, casi de frente, evitando ser un estorbo, buscando observar lo mismo aunque sin tener idea de qué era lo que podría llamarle la atención. Lo vio sacarse a los apurones la venda que llevaba en la izquierda y guardarla hecha un embrollo; luego, tomar una lapicera, unas pinzas, unas bolsas plásticas, el teléfono celular… le sostuvo las cosas cuando se lo indicó, hizo un gesto que preguntaba de manera silenciosa lo que necesitaba saber. No obtuvo respuesta. Didier seguía mudo. Se alejaron ambos unos pasos para que el experto tomara algunas fotografías aquí y allá y recogiera con cuidado meticuloso algunos elementos que no fue capaz de ver.

—¿Seguro estuvieron los de la Científica?

Alex se encogió de hombros.

—¿Qué distancia creés que hay hasta el río? ¿Unos veinte metros?

—Posiblemente treinta…

Se quedó mirando los sauces llorones que se inclinaban sobre el río con melancólica templanza, sirviendo de refugio a una pareja de biguás que comenzaba a buscar cubrirse del aguacero inminente.

Unos vozarrones contenidos se quejaron de la lluvia que pronto comenzaría a lavar el terreno y volverlo más pantanoso.

—*La chienne que... merde!* ¡Ayudame a meter *acá* —gritó señalando una bolsa plástica— todo lo que puedas!

Entre ambos recogieron todo lo que pensaron no debía estar allí, incluyendo colillas de cigarrillos, fósforos, un encendedor desarmado, el cristal roto de unos anteojos de sol, un ticket de supermercado, la tarjeta de un bar de tapeos de Mendoza, un lápiz, una pelotita de tenis... Sacaron ambos más fotos, ya no importaba de qué, pero sabían que después nada quedaría igual. Caminaron de regreso con bastante dificultad y se metieron en el auto ya totalmente empapados. El patrullero no estaba. Una noche falsa y espeluznante había descendido sobre el valle del río Neuquén extendiéndose hasta el Alto Valle del Río Negro. La región estaba ahora sumida en una tristeza contagiosa, en una lobreguez que parecía haber llegado para quedarse... y tal vez así fuera. Ambos se estremecieron con los primeros truenos.

—Ahora sí llevame al hotel. Acá hay más de lo que esperaba y vos me debés una buena explicación.

Neuquén le pareció una ciudad deslumbrante. Bajo la lluvia, incluso le pareció revestida de un halo metafísico, como si cualquier cosa que pudiera ocurrir allí quedara velada para siempre entre los laberintos del cosmos o de la mente humana. Tal vez solo fuera una idea y nada más: después de todo, los domingos siempre lo ponían entre nostálgico y pensativo. Morriña, eso era, morriña. No era un buen viajero ni lo sería nunca. ¿Turismo? ¡Jamás! Para eso estaban los *tours* virtuales. Le daba terror alejarse de su departamento más de cuarenta y ocho horas... Malo, muy malo para alguien con su trabajo... o con su tipo de obsesión. No era una fobia, no llegaba a tanto... pero estar en su departamento oliendo a vainilla y lavanda, con el mejor *cappuccino* en la mano y trabajando en su PC, lo era todo.

Se registró rápido: Kuzeluk le había hecho una reserva. Se dio una ducha y se reunió con ella en el desayunador. Tenía hambre... más que hambre, una ansiedad galopante que le

agujereaba el estómago. Engulló un par de medialunas así como
venían, antes de tomarse el café con leche.

—O me contás qué pasa acá o me voy a la m... o me voy. —
Sonrojándose, calló por pudor. ¿Era correcto ese vocabulario
delante de ella? Sería una tortura...

—Les dije que... que venías de parte del fiscal...

—¿Qué fiscal?

—El de la Capital.

—¿Estás en pedo? —No podía creer lo que estaba oyendo—.
¿Se puede saber quién corno sos y por qué dijiste semejante...
semejante bestialidad?

—Estoy con los familiares de una de las víctimas.

—¿Sos abogada?

—No exactamente...

—¡Alex! ¡Que me voy a la... a la... a la mierda! —
Comenzaba a perder la paciencia. Amagó con levantarse.

—¡Pará! Los abogados, los fiscales, la cana... están cagados
en las patas. Ellos no...

—¡Alex!

—¡Soy prima de José del Prado!

—El de Río Negro...

Didier cerró los ojos y se serenó todo lo que pudo. El asunto
estaba feo y se pondría peor.

—Sí. Mirá... Soy periodista investigadora igual que vos, y
no quiero que esto pase de largo. Por eso te busqué y convencí al
director del diario La Voz, donde trabajo, de contactarte.

—Entonces, disculpame, pero sos una tarada importante: yo
soy un periodista en las sombras, no aparezco en ningún lado...
No me gusta la exposición pública...

—Pero sos el mejor... y el hecho de que nadie conozca tu
cara, bueno... lo es todavía más en este caso, ¿no? En la radio
me dijeron...

La segunda taza necesitó de azúcar extra para que no
resultara tan amarga. Se levantó para servirse una tercera y algo
más de comer... también para que Alex no lo viera temblar.
Estaba nervioso y los nervios le despertaban un apetito
desaforado. Tomó un plato y lo cargó con todo lo que pudo:
fiambres, quesos, panecillos, un trozo de pastel de chocolate... y

otro de limón: cubriría con eso algunas horas. Puso todo sobre la mesa y se sentó.

—Pienso mejor con el estómago lleno —balbuceó a modo de excusa. Deberías hacer lo mismo.

Cuando se aseguraron de haber quedado finalmente a solas, Didier dio unos golpecitos con el índice sobre la carpeta que nunca había retirado de la mesa y que ahora estaba semiperdida entre los restos de su poderoso desayuno.

—Tengo una amiga.

—¿Ah, sí? ¿Y ella robó material confidencial para vos?

—¿Qué? ¡Claro que no! Ella… ella lo copió para mí.

—¡Qué hija de…!

—Tengo los informes de los otros casos también. ¿Querés verlos?

—¿Cómo te enteraste? ¿Cómo supiste dónde buscar?

—Fue casualidad, creo. Algo me llamó la atención cuando escuché lo de la Reserva Ecológica en Buenos Aires…

—Siempre pasan cosas ahí…

Junto a su silla, Alex había colocado un maletín y de él sacó una serie de carpetas de archivo: algunas más delgadas, otras más prominentes. Dentro, los papeles iban ordenados copn sumo cuidado, según comprobó rápidamente Didier al cabo de un momento. En la tapa, había garabateados una serie de datos: un número del uno al siete, un nombre, una ciudad: la última, Centenario. Se estremeció. Las manos le temblaron: no eran solo nervios lo que sentía, sino una mezcla desagradable de miedo, certeza y locura que debía comenzar a contener. Sentía frío también, aun cuando acababa de beber esa enésima taza de café caliente… Fue por más… no, mejor té: un exceso de cafeína no sería bueno, no en ese estado particular que estaba atravesando. Volcó algunas gotas sobre el plato de la taza al sentarse: no podía dejar de temblar. Tal vez su psicólogo tuviera razón: ¿Qué tal si se trataba de una verdadera fobia a estar alejado de su hogar? ¿O una fobia, simplemente, a estar afuera… tan solo afuera? Eso sería terrible. Ahora solamente podía sentirse frustrado. Necesitaba enfocarse como sea, o el asunto sería una locura; en realidad, ya era una locura. Se le erizó la piel y un frío extraño y persistente se le alojó en la columna vertebral: sabía que no se le quitaría así nomás. Suspiró. Se pasó la mano por la cabeza despeinándose y volviendo a acomodarse el cabello mechón por mechón, de manera mecánica, con los dedos, sin importarle nada si quedaba bien o no. Se restregó los ojos y amagó colocarse los lentes: no es que necesitara mucho aumento, pero cuando se sentía cansado, no se veía ni las uñas. Menos mal que sabía que estaban limpias, si no... Sonrió conteniendo una risita pícara. Necesitaba reír con ganas, pero tendría que esperar un poco todavía.

—Alex... ¿Cómo te explico? —dijo por fin—. Tu número uno en realidad... es mi cuatro.

—¿Qué?

—Un conocido de un conocido llamó a la radio para informar que habían encontrado un cuerpo en las afueras de un pueblito al noroeste de la ciudad de Santiago del Estero, Mal Paso, a unos treinta metros del río Dulce. Mi director, Miguel Ross, se lo tomó a título personal (todavía no sé por qué) y se puso a investigar el caso, porque ya sabía que el asunto no iba a llegar a buen puerto: aparecido también un día de lluvia, sin pistas, sin testigos, sin un corno... ni recursos suficientes... Nada iba a poder hacer la policía, ni el fiscal, ni el juez ni nadie. Era un hombre de unos treinta años, en ese momento y todavía ahora, un N.N. Este, Alex, es mi primero en la lista...

Sorbió un trago bien caliente, saboreando cada nota, buscando algo diferente; pero a esas alturas, un té negro no tenía gusto a nada. Comenzaba a sentir la garganta reseca y una puntada en la sien. Metió la mano en la mochila, buscó un calmante y se lo tragó en seco. Solo en ese momento comenzó a tomar conciencia, verdadera conciencia, de su entorno más allá del mobiliario lógico de un salón desayunador. No había visto antes las pesadas cortinas estampadas en tonos pastel (tampoco le interesaban, en realidad, pero eran una buena y necesaria distracción), ni el demasiado sobrio estilo del mobiliario. Le dio la extraña sensación de que allí nunca pasaba nada interesante, lo cual, evidentemente, no era cierto. Volvió la vista a su interlocutora: había quedado estupefacta con lo que le había revelado hacía tan solo un momento y parecía haber perdido la capacidad de reacción.

—Didier, ¿qué vamos a hacer?

—A largo plazo, no tengo idea. Ahora mismo, supongo que comenzar a comparar notas, expedientes, todo lo que podamos… porque parece que somos las únicas dos personas lo suficientemente estúpidas como para involucrarse en esto. Los únicos, creo yo, que sabemos bien de qué se trata… El sistema judicial está caótico y si no son capaces de cruzar la información nunca se van a dar cuenta… Pienso que tenemos un asesino serial de la ostia y, por el momento, solamente vos y yo lo sabemos.

3
Locura y Sangre

Metió la llave en la cerradura y la hizo girar sin ocultar un gesto de triunfo. Encendió las luces, dejó sus cosas amontonadas en el medio del camino y se dirigió hacia la ventana. El sonido correoso de las persianas al abrirse fue música en sus oídos.

Hacía calor en Buenos Aires, ese calor húmedo del cual todo porteño se ha quejado alguna vez, desde aquella primera expedición de Juan Díaz de Solís en 1516 en adelante… Didier esperaba no terminar como él, claro: asesinado y al asador… En su mente, la ciudad siempre iba cargada de misterios, llena de historias de magias y fantasmagorías… inconexas algunas, tan creíbles como la vida misma otras. Era de noche y, desde lo alto y alumbrado por una luna enorme que ostentaba sus cuernos en creciente, el río realmente parecía de plata. Algunas siluetas perdidas llevaban y traían la esencia del puerto sempiterno. No sus aromas… «Por suerte», murmuró con una mueca en los labios.

—En fin…

—«En fin»… ¿Qué? ¿Me vas a decir por qué estamos acá y no en Neuquén? ¡Tenía el hotel pago!

—Porque no había nada más que hacer ahí.

—No hablás en serio…

—Tenemos los informes, las fotos de ellos, las nuestras… nuestras propias bolsas de evidencia… ¿Qué más querés?

—Hubiéramos podido ir a la morgue mañana y…

—¿La morgue? ¿En serio? Vomitaste anoche y yo casi lo hago esta mañana… y, ¡solo eran fotos! No me jodas…

Alex vio cómo el dueño de casa tomaba sus cosas y desaparecía tras una puerta teñida de caoba. Estaba aturdida. Mientras intentaba decidir cómo reaccionar, optó por recorrer con la mirada el lugar, sin encontrar a simple vista nada demasiado interesante. Observó las paredes blancuzcas sin cuadros, aunque... caminó unos pasos para que la luz dejara perfilar un diseño que había creído notar. Abrió los ojos ante un espectáculo único y sorprendente: pintado sobre un blanco tiza, un inmenso paisaje de siluetas color gris perla se dejaba asomar con poder excepcional, como si la luna misma fuera la artífice de tal prodigio. Se movió hacia atrás cuidando de no perder la perspectiva, buscando ver el conjunto. «¡Es Buenos Aires!», balbuceó apenas. Ante ella, la silueta del puerto, el Obelisco a un lado, los edificios inmensos, las calles abarrotadas de gente, coches y colectivos parecían cobrar mágica vida.

—Todavía no lo terminé.

El hombre había aparecido de pronto, pero Alex seguía paralizada por la visión.

—No sé si voy a terminarlo algún día...

—Es increíble...

—Me calma los nervios. Me da la sensación de que mi ciudad siempre está ahí, aunque no la vea. Para un tipo como yo, es importante.

—¿Cómo vos?

—Es alguna fobia... no puedo estar mucho tiempo lejos. Supongo que se me va a pasar, ¿no?

—Eso espero... Tenemos mucho trabajo e, insisto, no siempre podremos hacerlo desde acá... Ahora que lo pienso: ¿Qué hago acá?

—Acomodate en el sofá, ese de ahí —dijo señalando un rincón junto a la ventana—. Ni se te ocurra asomarte por mi habitación. Si no te va bien, hay un hotelucho a un par de cuadras... pero no te lo recomiendo. Lo más cercano y más o menos honesto, está como a tres kilómetros. Dormí todo lo que puedas y después vemos.

—Voy a estar bien... creo.

—Mañana es lunes y vamos a tener acceso a lo que sea... temprano abrimos los archivos y comparamos todas las notas, revisamos las cosas que nos trajimos. Lo que hagamos con todo eso después, va a depender de lo que encontremos.

—Didier... ¿En serio creés que es tan grave el tema? Digo, más de lo que yo esperaba...

—Sí... Y, como te decía, me parece que somos los únicos que estamos en condiciones de iniciar un cruce de esos datos.

Cuando se despertó ya había amanecido. Era raro en ella, pero le fue entendible: no había pegado un ojo en toda la noche. Recordaba vagamente haber visto la hora por última vez cerca de las cuatro de la madrugada: demasiados autos, demasiada gente, demasiadas sirenas, gritos, aullidos, choques, ¿tiros? «Horrible, horrible vivir en un lugar así», pensó varias veces mientras intentaba dormir. La cabeza le daba vueltas como si no hubiera un futuro y, para peor, alguien la sacudía por el hombro.

—Tené cuidado cuando te levantes: fijate dónde ponés los pies.

—¿Eh? ¿Tenés perro? —No recordaba haber visto ninguna mascota.

—No: fotos.

Era macabro. El cimbronazo que supuso la primera impresión la dejó aturdida por un buen rato. Instintivamente, recogió las piernas. El estómago le dio un vuelco cuando creyó imaginar que pisaría un charco de sangre viscosa. Fue algo más que una sensación, en realidad.

—Es morboso —logró articular mientras intentaba encontrarle un hilo conductor a las imágenes que Didier había dispuesto alfombrando la sala.

—Movete con cuidado. Allá hay café recién hecho.

«Sangre fría, sangre fría», repetía el cerebro de Alex sin que influyera demasiado en el resto de su cuerpo aturdido. Consiguió levantarse, esquivar las imágenes sanguinolentas, asearse y no mucho más.

—Tilo —dijo.

—¿Eh?

—Tilo, manzanilla y peperina... Me das eso o no trabajo: tengo el estómago revuelto y los nervios de punta... así que, nada de café. —Sus dedos estaban acostumbrados a tocarse los extremos del cabello, cuando los llevaba sueltos, y enrularlos hacia arriba: no tenía ganas de nada más —. ¿Qué es todo esto?

—Un intento por organizar mis pensamientos… y la mesa no me alcanzó.

Alex pensó que estaba loco, pero no tanto. Había un cierto orden y una disposición bastante obsoleta que intentaba desentrañar el caos que, sentía, sería inminente. Didier había abierto cada carpeta, vaciado su contenido y colocado cada elemento según un orden racional solo para su mente… el resultado era un laberinto metódico que semejaba una red conceptual que se extendía por toda la cocina-comedor del departamento. Le tomó un par de minutos encontrarle la lógica a aquello… y es que no la tenía demasiado, porque no había sido la intención interrelacionar nada, solo ordenar cada caso en una simple línea temporal de primero, segundo, tercero… de tal manera de poder ver la información completa de un solo vistazo. Claro… ella veía todo de cabeza. Se volteó para observar mejor. Volvió a parecerle morboso todo aquello, pero comprendió su necesidad implícita: había rostros nuevos, datos desconocidos. Conteniendo el aliento, pasó la mirada por cada foto, por cada informe, por cada nota manuscrita sin encontrar nada valioso a simple vista. Comenzar una observación más meticulosa terminó de despertarla; notó también que ver las imágenes de cada cadáver y en ese estado lamentable en el que se encontraban produjo un cambio en su estado de ánimo y en su mirada interior sobre el asunto.

—¿Cómo alguien puede…?

Didier se encogió de hombros en un acto reflejo.

—Perdón— dijo. Se había dado cuenta de que el no-sé y el desdén se parecían demasiado—. Decime: Vos, ¿cómo te diste cuenta?

Vio a la joven mujer desgarbada, casi como una sombra o un opuesto de la figura altiva e intelectual de la jornada anterior. Pálida, de semblante casi enfermizo, daba la sensación de no ser capaz de tolerar lo que se vendría. Alex notó la mirada de preocupación de su nuevo compañero casi al instante.

—Estoy bien —masculló—. Buenos Aires me enferma como a vos te enferma irte. En cuanto me despierte del todo voy a estar mejor —añadió, y comenzó, por enésima vez, a recorrer con la mirada los archivos y las fotografías que Didier había dispuesto en el suelo del departamento y que eran información nueva para ella—. El primero que vi fue ese... a... a él... ¡Uf! Mirá, me metieron en el caso y me fui hasta el lugar. Cuando llegué, todavía no habían levantado el cuerpo, incluso, los muy brutos, ni siquiera lo habían cubierto.

Se pensaba un hombre experimentado, pero no era capaz de imaginar tan siquiera semejante momento. Se pasó la mano por los ojos: la entendía demasiado bien. Desvió la mirada de los ojos muy abiertos que lo escrutaban con tintes perdidos en un recuerdo que necesitaban alejar.

Más allá del balcón, Buenos Aires ya había despertado hacía rato... aunque tal vez nunca se había dormido. El trajín cotidiano traía sus propios sonidos, aromas y hasta sabores, todos ensamblados en un mundo poblado de infinitud. No es una ciudad realmente vieja... tampoco lo sería nunca aunque los años quisieran insinuarlo; por momentos se da corte de señora grande, tilinga incluso... otras veces parece más una adolescente caprichosa que le «histeriquea» a cualquiera que venga de afuera, hasta hacerle perder la razón. Buenos Aires es así, intensa y atemporal, inentendible, guerrera y cautiva, cosmopolita pero tanguera, cerrada al cambio aunque sedienta de todo lo nuevo como un chico que espera una bici el día de Reyes pero les teme a las caídas. Vive del *glamour* y de las miserias, del andar con zapatillas de punta o marcar el paso de una cumbia villera... Inmensa, descontrolada, mágica y absurda. Llena de fantasmas que pelean su lugar con el Wi-Fi de las plazas y de las historias místicas en cada esquina. Todo está allí, y nada a la vez, porque es así, inasible para quien no tenga las luces que su juego perverso propone.

La miró de arriba hacia abajo ida y vuelta, con los ojos muy abiertos y las cejas enarcadas en gesto inconfundible de profundo asombro.

—¿Cómo te metiste en esto? Sos muy piba...

—¡Tengo veinticuatro! —Respondió ofendida.

Didier no podía creerlo: ¿En serio se lo había tomado como un agravio? Volvió a mirarla, incrédulo. Enfundada como estaba en un traje de hombre ochentoso a más no poder, parecía más chica todavía… adolescente casi. Pero había demostrado tener un carácter más que importante, imponente.

—Casi podrías ser mi hija… Alex, si vamos a trabajar juntos, ¿no creés que tendrías que contarme algo más? No es común que le den semejante nota a alguien de tu edad, y va en serio…

—Tenés razón. —Suspirando, no tuvo más remedio que asentir—. Empecé de chica, muy chica, siendo bloguera: escribía sobre hechos reales pero inexplicables. Empecé, cuando estaba en el secundario, con cosas de mi ciudad, Las Grutas[1] y pronto pasé a abarcar cosas que ocurrían en mi provincia y en el resto del país. Pero, cuando me mudé a Neuquén para estudiar en la Facultad la licenciatura en Comunicación Social, todo cambió… para más.

Didier la invitó a sentarse con un gesto, indicándole un flanco de la mesa alejado a las fotos. Puso algunas galletitas en el centro y se sirvió café, cosa que ella rehusó.

—Te escucho.

—Tuve una visualización importante… En el blog, claro: «Tu conjetura»… lo tengo un poco abandonado últimamente. —Hizo una mueca—. ¿Y mi té?

—Em… Tengo negro y gracias.

Casi de inmediato se arrepintió de haber hablado con semejante tono de fastidio. Si las miradas pudieran convertirse en dagas… Abrió los ojos muy grandes imaginándose apuñalado y chorreando tanta sangre como para mezclarse con la de las fotos que estaban del otro lado. Tres palabras lo sacaron del ensueño:

—Odio Buenos Aires. —Aceptó el café. Como si nada, retomó el hilo de lo que estaba diciendo—. Empecé a escribir contando una historia bastante conocida de mi pueblo, de esas que todos conocen pero que todos esconden… Como no estaba muy segura de cómo hacerlo, opté por darle forma de cuento… uno con enmarcado para que tuviera un toque de credibilidad. De hecho, las primeras entradas del blog las armé así, hasta que me cansé de ver «cosas» y me mandé de otro modo, más frontal y jugado.

---

[1] Ciudad costera de la provincia de Río Negro, Patagonia Argentina.

Se levantó de la mesa, fue por uno de sus bolsos de mano, sacó una *netbook* y tipeó algo.

—¿*Password?*

—¿Eh?

—*Wi-Fi...*

—Red: La Caverna. Contraseña: delbuho, todo junto y sin acento... y sin comentarios, sin risas y sin... nada. ¿Estamos?

—Estamos —respondió, arqueando una ceja. Se mordió los labios, se tragó un comentario y comenzó a teclear —. Acá está —anunció.

ETÉREA

Ella lloraba.

Aun cuando estaba demasiado lejos como para oírla o ver las pequeñas convulsiones de su cuerpo, podía notarlo en la congoja que me acercaba el aire salado que manaba del mar: las olas rompían con fuerza socavando la roca con el tesón de años de experiencia. Sentada en la saliente, miraba el lejano horizonte. Mientras tanto, millares de gotitas se dispersaban, incluso sobre ella, reflejando el rojo crepuscular de la madrugada teñida de violetas.

Ella lloraba y el mundo entero se estremecía a sus pies.

Yo estaba lejos y la veía etérea y mágica; creo que casi se me figuraba traslúcida como el velo de una novia, pero era sólo un juego provocado por la iridiscencia de la espuma de mar. Tan sólo un aroma confuso y algo de mugre en la costa quedaban como prueba de la feroz tormenta de la noche anterior en ese sector de la playa, habitualmente desierta.

Lloraba y me dolía en el alma.

Estaba sentada y la creciente cada vez mojaría más su vestido blanco. Pronto me encontré recordando los cuentos de hadas que me habían contado de niña cuando no me quería dormir. Aminoré el paso hasta casi detenerme... me gustaba correr por la arena húmeda antes que la gente comenzara a salir de sus casas y se convirtieran en meros objetos a esquivar, apenas despuntar el día... en realidad, en verano, me gustaba ver los amaneceres. No podía decidir si acercarme más a ella o no, aunque lo cierto es que yo ya estaba de vuelta y, necesariamente, debía pasar por allí para volver a mi casa.

El viento me acercó un suspiro.

Di unos pasos distraídos y me perdí con una almeja que buscaba refugio entre mis pies descalzos... me distrajeron su velocidad y su instinto de supervivencia. Llevaba las zapatillas atadas entre sí y colgando del hombro... cuando levanté la cabeza para acomodarlas, vi horrorizada que la mujer ya no estaba. Entonces me desesperó un pensamiento macabro, pues pronto la encontré con las olas a la cintura y los brazos extendidos hacia el océano lejano. Grité, pero pareció no oírme, intenté correr hacia ella pero no pude, una fuerza invisible me contenía. No había nadie cerca para pedir ayuda y sola no podía... no podía.

El vestido pegado a la piel, los cabellos escurriendo por su cara, el cuerpo encorvándose hacia adelante. «¿Qué locura se está por mandar?», pensé y le grité de nuevo. Nada. Vociferé la mejor de mis puteadas, pero ella seguía sin oír. Me desesperé. La volví a llamar. Nada. Por un instante no la vi, ¡qué desesperación!, no la vi y me sentí estúpidamente culpable y cerré los ojos con toda la fuerza que pude reunir.

El frio subiéndome por los tobillos y la sensación de hundirme en la arena me devolvieron a la realidad. Lentamente enfoqué la mirada y lo que vi no era lo que esperaba ver: la joven salía del agua junto a un hombre de torso desnudo, pantalones grises, descalzo.

Ya en la orilla se abrazaron mientras él enjugaba el llanto de ella con sus besos. La mujer colocó sus manos sobre su costado y pude notar ¿sangre? Entrecerré los ojos y los cubrí del reflejo que el sol comenzaba a extender sobre la playa, con mi mano abierta. Quería ver mejor, observar los detalles, acercarme, pero no podía: descubrí con estupor que se me estaba permitido retroceder pero no avanzar. Sí, él estaba herido: con su brazo ella lo sostenía en pie, pero pronto sus fuerzas flaquearon, las de ambos, y él cayó de rodillas, primero y hacia atrás, después.

Extendí una mano, luego la otra: yo también quería sostenerlo.

El mar pareció enfurecer aún más su rugido y golpear con extrema rudeza las rocas donde ella había estado sentada, ella que ahora trataba de reanimar al hombre con sus besos y caricias, sin importarle que la sangre le hubiera teñido tanto la mano que sujetaba la herida, como su vestido y su rostro... quería contenerlo, ayudarlo, reanimarlo, evitar lo que, sabía, era inevitable.

Las violetas del cielo en vez de aclarar con el amanecer, parecieron sumirse en las sombras mientras la arena bajo mis pies se estremeció con congoja infinita. Una oleada de niebla blanquecina envolvió a la pareja y a todo lo que nos rodeaba. Mis oídos escucharon un último suspiro y, otra vez, el llanto infinito. La muerte había vencido.

Un silencio inconmensurable se apoderó del mundo... hasta el mar se atemperó en señal de duelo; en tanto, el cielo, lenta y ceremoniosamente, retomó su color habitual. La niebla se dispersó con un soplo lastimero y, al hacerlo, descubrí que la playa había quedado nuevamente desierta. Había, por fin, amanecido.

Sentí que las piernas se me aflojaban y caí sentada con el corazón compungido y temblando. Lloré como nunca antes lo había hecho, como nadie lo había hecho por otro; con las manos cubriéndome la cara y bañadas con mis propias lagrimas... y las de ella.

Lloré, y mi llanto también pareció eterno.

—¿Los viste? ¿De verdad? —me preguntó doña Mirta, la dueña del almacén—. Nadie sabe quiénes son —agregó—, pero dicen que se los puede ver al amanecer después de las tormentas. Dicen que verlos es un buen augurio.

Yo nunca más los volví a encontrar, y eso que hace años que los busco... quiero preguntarles por qué llevo, desde entonces, esta mancha roja en la palma, como si mi mano hubiera sido la de ella intentando curar las heridas de su amante.

—Es una bonita historia, pero no entiendo qué tiene que ver...

—Me preguntaste sobre mí, ¿no? Esta soy yo, investigando lo que todos rechazan, metiendo la nariz donde pueda.

—Está bien, está bien... —Hizo un gesto que indicaba algún lugar más allá de la mesa y hacia abajo—. ¿Empezamos?

—¿Tengo que ver la fotos otra vez?

—Alex... las mías por lo menos.

Ambos suspiraron casi al mismo tiempo. «Coraje», parecían repetirse.

La joven se agachó para recoger una de las fotografías que pertenecía a quien, según Didier, era la primera víctima. Frunció el ceño, la inclinó hacia un lado y hacia otro buscando variar el brillo y la luminosidad sobre la imagen. Enarcó las cejas y, luego, fue por otras más. Frunciendo la boca y llevando el gesto hacia un lado, señal de que comenzaba a forzar su concentración, dispuso todo ordenadamente sobre la mesa.

—¡Ajá! —exclamó señalando algo y tamborileando con el índice—. Necesito aire —agregó. Fue hacia la puerta-ventana que daba al balcón, la abrió sin titubear y se dio de lleno con la frescura teñida de hollín que le ofrecía la Capital. Incluso aquello, le pareció sanador.

—¿Estás bien?

—¿Cómo alguien puede hacer *eso*?

—¿Qué cosa? ¿El degüello o los cortes?

—«Y», no «o»… y la desnudez, y la mutilación…

—¿Estás bien? —insistió Didier.

—Voy a tener que estarlo.

—Nadie te obliga, Alex. No te voy a juzgar ni a criticar ni nada si querés irte.

—¿Irme? No me conocés nada bien… —Le dio la espalda a la ciudad y encaró al periodista—. ¡No me voy ni loca!

Hacía bastante rato ya que el delicioso vapor del café había dejado de humedecer la estancia y se había transformado en solo una sensación rancia, mezclada con lo inevitable: el acostumbramiento.

Sobre la mesa reposaban, ahora ordenadas de manera metódica, cada una de las fotos que antes enrojecían las cerámicas del suelo. Didier había insistido en tomar notas a mano para poder señalar con mayor rapidez y eficacia las demasiadas coincidencias entre los diferentes casos que tenían en vista. Había hecho una lista con letra muy prolija y… contemplarla les estremecía la piel más que la visión de los cuerpos.

- Todos masculinos.
- Edad: entre 25 y 40 años.
- Desnudez.
- Ojos hundidos.
- El cuello roto.
- Los labios lastimados (revisar el tipo de lesión).

◆ Un símbolo desconocido grabado en el pecho (parece a punta de cuchillo).

◆ Laceraciones en...

—No voy a escribir eso...

—¡Didier!

—Esto es una porquería...

—¡Dame acá! Tipo grande... Y yo que pensaba que el especialista eras vos.

—Periodista investigador, sí... No hago policiales.

—¿Cómo?

—Te dije que no era el indicado...

Alex suspiró desconcertada y con los ojos muy abiertos.

—¿Qué se supone que hacés?

El hombre se encogió de hombros antes de contestar.

—Política... cultura... sociedad...

El gesto petrificado le duró algunos segundos: pocos para procesar lo que sentía, suficientes para que el silencio resultara incómodo.

—¿Quiere decir que convencí para trabajar conmigo a alguien que en realidad no sabe lo que hace?

Herido en su orgullo, el periodista mudó el gesto endureciendo cada una de sus facciones, estaba lívido, como si todo el mundo a su alrededor hubiera cambiado hacia una estructura que nunca más sería capaz de controlar. ¿Y si la tal Alex tenía razón? La miró ya no con desconfianza sino con un profundo gesto desafiante.

—¿Y me lo decís vos? ¿Vestida así? Es poco serio...

—Y yo que pensé que no lo ibas a decir nunca...

Le guiñó un ojo, complacida. Tomó la lapicera de manos de Didier y escribió, con una cursiva bastante infantil, lo que él se negara para completar una lista de atrocidades que no podían comprender del todo:

◆ Laceraciones en **los genitales.**

4
Odisea versión Baires

Caminaba con paso rápido y decidido. Siempre lo hacía: era una costumbre que muchos detestaban porque les daba la sensación de que no le importaba si los demás podían aguantarle el ritmo o no. Algo de eso había, algo que estaba tan enraizado en su ser que ya parecía parte de la composición química de su sangre. No era un rechazo a la gente propiamente dicho, sino una especie de repulsión a la parsimonia y a la desidia, entendidas ambas como manifestación de una pereza enraizada en lo social de manera tan persistente como un parásito oportunista que termina matando a su huésped.

—¿Querés parar un poco? No te puedo seguir.

—Tenemos poco tiempo.

—¿A dónde vas?

—Ocho cuadras para allá y dos a la izquierda: vos me dijiste…

—¡Alex! ¡Pará!

—No tengo intenciones de quedarme en Buenos Aires más tiempo del necesario.

—Te creo.

—Didier, ¿vos creés que esa mujer puede ayudarnos?

Marcharon juntos, más lentamente.

El periodista se encogió de hombros, rumiando una respuesta más o menos coherente.

—Si vos, que sabés qué hacer en la web, no pudiste dar con ese símbolo…

—No me diste mucho tiempo —respondió a la defensiva.

—Digamos que me gusta mi método… más a la antigua si querés: más contacto *tête à tête*, menos mundo virtual; más posibilidad de intimidar al otro… o algo así… *Le regard, à la fin…Vous me comprenez?*

—¿Menos mundo virtual? ¡Estamos en Buenos Aires!

Caminaron los últimos metros en silencio. Un silencio incómodo, lleno de cosas por decir, de palabras que deseaban ser dichas sin importar nada. Un silencio que ni el fervor de las calles saturadas y latientes de Buenos Aires era capaz de quebrar.

Alex observó el edificio que tenía por delante, exagerando una postura desarticulada: la cabeza forzada hacia atrás, la espalda levemente arqueada. Podía sentir en el pecho la opresión de la ciudad y la casi certeza de que los «mamotretos esos» la acechaban con insistencia, abalanzándose sobre ella y haciéndola parecer pequeña, demasiado pequeña e indefensa… y ella odiaba con toda su alma sentirse así. Suspiró: era bastante más que eso.

Didier observó por un instante el portero eléctrico y se decidió por el octavo "C". No necesitó darse vuelta para saberse escudriñado casi con desesperación. Podía imaginar los enormes ojos de la joven más abiertos aún de lo normal, intentando explicarse por qué una chica como ella podía estar trabajando con un tipo como él. Sin más, comenzó a reírse.

—Sí, estás loco…

—¿Eso pensás?

—Por lo que acabo de ver… debería darle crédito a lo que dicen algunos. Después de todo, ¿a quién se le ocurre tener como veinte papelitos hechos un bollo en el bolsillo y sacarlos todos juntos en medio de la calle buscando la dirección a donde tiene que ir?

—¡A mí!

Alex abrió la boca y arqueó las cejas. No iba a responderle: no quería faltarle tanto el respeto a un tipo a quien había admirado hasta ese momento… tanto. Prefirió dejarse contagiar por la risa tonta que veía y escuchaba.

—¿Quién es? —preguntó una voz metálica con cierto eco.

—Didier Donarrumma, Alba.

—Ya bajo.

Ambos se miraron en silencio, buscando retomar la compostura perdida.

—Todavía no me dijiste a quién venimos a ver.

—Es una vieja bruja que conocí hace años.

—¿Bruja?

—Sí, claro. De esas que adivinan el futuro y leen auras… pero no te preocupes. No voy a dejar que se te acerque mucho. No queremos que te lea, ¿no?

—Pero…

—Pero sabe mucho de verdad. Leyó mucho y tiene una memoria de elefante. Si vio alguna vez ese símbolo, nos lo va a decir. En el mundillo de las pseudo-adivinadoras y el tarot, no todos son tan chantas… Con especial hincapié en «tan»…

La mujer que llegaba por el pasillo para abrirles la puerta de calle era, literalmente, atemporal: Alex no fue capaz ni siquiera de calcular una edad posible para ella ni por aproximación.

Los hizo entrar sin que mediara más palabra que un saludo de forma. Tampoco se dijeron nada en lo que anduvieron por los pasillos ni en los interminables segundos por el ascensor. Sin embargo, ninguno se sintió incómodo mientras Madame Alba los escrutaba cada tanto sin demasiado disimulo.

Entraron a una estancia que no se parecía a nada que Alex hubiera esperado: no había animales embalsamados, ni bolas de cristal ni signos del zodíaco grabados a fuego o dibujados con sal… ni siquiera el delicado humillo de algún sahumerio. Ese era tan solo el departamento de una vieja. Había olor a rosas frescas y galletas de chocolate y jengibre.

«Si alguna vez hubo "algo muerto" acá, no se nota», pensó Didier, conteniendo una risotada.

Se sentaron donde se les indicó. Sobre la mesilla que se ubicaba en medio de los sillones del estar, Madame Alba colocó una fuente con las delicias esperadas y abrió un especiero. Fue entonces cuando la atmósfera cambió: los aromas cobraron vida propia, tanto como para contar una historia muda, una que la anciana despertaría con una leve mueca de sus labios finos.

Un laberinto de pensamientos, de aromas y de emociones se dibujó en el interior de ellos como un intrincado nudo celta… solo que viviente. Limón para purificar la amistad, anís para alejar los malos espíritus, jazmín para estimular los sueños proféticos, frambuesa para alejar los espíritus de los muertos, canela para despertar los poderes psíquicos escondidos, mandarina para mejorar el don de la palabra o guardar secretos, pomelo contra la tristeza, salvia para la sabiduría, frutilla para la buena suerte, hierbabuena contra las enfermedades, manzanilla contra el mal humor, sauco para deshacer los hechizos, menta para aumentar las vibraciones psíquicas e inducir al sueño, jengibre para el dolor de garganta y potenciar… el deseo sexual.

—¿Té? —La voz de la anfitriona parecía diferente cuando irrumpió en la sala desde la cocina, con las piezas de porcelana que se entrechocaban en la bandeja atiborrada, tambaleándose en sus manos enclenques.

—Em… ¿Alba? Yo…

—¡Chist! Primero el placer y luego los negocios. ¡Denle el gusto a esta vieja!

Colocó con elegancia ampulosa una taza frente a cada uno y las acompañó con sendos infusores metálicos.

—Ya coloqué algunas hebras de té negro, mis amores. —Sin podérselo explicar, Alex se estremeció ante el epíteto. Haciendo caso omiso, la anciana prosiguió—. Por favor, sírvanse agregarle dos de mis hierbas, de las que están en la caja: tendrán un sabor especial y único.

—¿Dos?

—Sí, niña… dos.

—Pero…

—Necesitan mi ayuda y yo tengo algunas condiciones… como les dije, cosas de vieja. Por supuesto, ustedes entenderán que… la puerta está abierta, no la cerré con llave al entrar. Por otro lado, hay otra puerta… la de mi conocimiento y tiene, digamos, un candado bastante peculiar.

Permaneció unos instantes con el brazo extendido y la palma hacia arriba. El silencio fue su única respuesta. Asintió complacida.

—Con tres dedos de la mano derecha… Solo una pizca de cada uno, por favor.

Didier abrió la boca buscando el momento de esbozar una protesta razonable, pero no logró articular palabra alguna… ni siquiera dentro de su propia mente. Entre sus muchas mañas y obsesiones se produjo un cruce tácito de opiniones y, como siempre, quienes salieron perdiendo fueron sus propios nervios.

—¿Cómo elijo?

—Con tu olfato, querido, con tu olfato... Algo que sea de tu agrado.

Lo vio colocar la mano sobre el especiero.

—¡Un momento, muchacho! —Lo detuvo —. Me parece que no sería prudente, para ustedes, que yo vea lo que eligen, ¿verdad? —Se levantó haciendo ruido con los pies, algo más de lo habitual—. Voy a buscar el agua caliente mientras se preparan. Ya vuelvo —anunció, y desapareció en la cocina, cerrando la puerta tras sí.

Para aquellos que dedican su profesión al arte de observar signos y razonarlos, deducir posibilidades, estudiar aciertos... no existe nada peor que la perplejidad; en especial, sobre los propios actos. ¿Qué hacer? ¿Qué dejar de hacer? ¿Creer? ¿No creer? Y, en todo caso... ¿Elegir A? ¿Elegir Be? ¿Zeta? ¿Hache? Porque, al fin y al cabo, todo se reduce a un proceso de selección, ya sea natural o racional. Solo que a veces...

Didier cerró los ojos y así, sin ver nada en absoluto, llenó su infusor con lo que sus dedos extendidos encontraron por sí mismos. Luego con cuidado, lo colocó dentro de la taza sin hacer ruido.

...el azar debe ser parte de las ecuaciones cuando el raciocinio parezca no alcanzar.

Dejó escapar un suspiro y abrió los ojos. Frente a él, Alex estaba pálida, casi con la embriaguez de la muerte.

—Necesitás preparar tu menjunje.

—No... no... no puedo... Em... Did...

—Tranquila, no pasa nada. Te dije que era un tanto excéntrica, ¿no? Aunque nunca la había visto así.

—Es que...

—¿En serio? ¿Te asusta una vieja que escribe horóscopos truchos en una revista de chimentos? Pensé que estabas preparada para un caso como este... pero parece que no. Evidentemente, me equivoqué. Además... ¿No querías yuyos esta mañana?

No por nada se consideraba el mejor en lo suyo. Y eso significaba no mencionarlo a nadie, por supuesto. Siempre era igual: sabía cuál semilla sembrar en el ánimo de los demás, cómo regarla y cuánto tardaría en germinar. Y sabía qué hacer con una chica como ella, por supuesto: segura de sí misma, capaz de llevarse el mundo por delante pero… O mejor, como le gustaba llamar a las de su tipo: *Un petit croissant!* Dura, crujiente por fuera, *mais tout à fait «soft»* por dentro… y algo agridulce, por cierto. Cerró los ojos y calló un segundo, dos, tres… Sonrió satisfecho pensando: «Cinco, cuatro, tres, dos…».

—Ya está… Yo, Didier, yo… yo vi muchas cosas… sé muchas cosas, ¿sabés? Mi blog y…

—Me había olvidado. —Era cierto—. Es una tontería esto.

La miró a los ojos y asintió para darle ánimo. El silencio profundo que se había generado entre ambos fue roto por unos pasos ligeros.

—Permítanme servirles: no siempre recibo visitas tan interesantes.

Pronto, el vapor que se elevaba desde las tres tazas fue condensando sobre sus cabezas una nube de aromas de esencias frescas. Las fragancias se entrelazaban formando las invisibles figuras de una danza de terribles y cautivantes dicotomías.

—Chin, chin —propuso Alba—: por el reto que me traen.

El tintinear de la porcelana entrechocándose pareció despertarles el ánimo: ya no volvieron a sentirse abrumados por la incertidumbre o la maldita sugestión que les había jugado tan mala pasada. De un momento a otro, Didier y Alex experimentaron una sensación de alegría y bienestar que les inundó la mente de nuevo coraje para afrontar la monumental tarea que les esperaba. No se dieron cuenta de tal cambio. *Madame* Alba sonrió para sus adentros.

—*Monsieur* Donarrumma… Didier, mi querido amigo —dijo finalmente—. ¿Qué te trae por aquí? No entendí bien lo que me decías por teléfono: debo estar un poco sorda ya… Como ves, no soy la que era: cuestiones de la edad, claro. Y… tenés que presentarme adecuadamente a esta muchacha.

Él hizo un gesto de consentimiento, sonriendo cómplice.

—Ella es Alex Kuzeluk: periodista, bloguera… Me está ayudando…

Escuchó un carraspeo junto a él.

—…estamos trabajando juntos en una investigación muy seria.

—¿Ah, sí? ¿Te trata bien, preciosa? —La miró fijamente a los ojos.

—Sí, por supuesto. Es un caballero.

—Sí que lo es. Tiene un aura *especial*. —Sorbió un poco de su té para que la pausa fuera más fluida y no se sintiera forzada—. ¿Entonces?

Didier metió la mano en el bolsillo y sacó, para horror de Alex, el puñado de papeles que estaba comenzando a odiar. Fue descartando uno a uno los que no le eran necesarios, sonrió ante otros y, finalmente, extendió uno sobre la mesa para alisarlo con cuidado.

—Alba: nos topamos con esto mientras investigábamos. ¿Tenés idea de qué significa ese símbolo?

Le tendió el bosquejo dibujado a la ligera. Lo habían visto garabateado grotescamente en el pecho de todas las víctimas, solo que optaron por no hacer ese comentario, al menos por el momento.

La mujer frunció el ceño, algo molesta por no poder terminar de enfocar la vista. Se calzó los lentes de ver de cerca. De inmediato reaccionó levantando ambas cejas y abriendo mucho los ojos. Frunció los labios hacia un lado, luego hacia el otro.

—Es muy extraño: no recuerdo haberlo visto.

—Yo no pude encontrarlo en la web… —Alex dudaba—. Habría que buscar en otro lado… pero no sabría dónde.

—Parece una superposición de muchos símbolos, pero no estoy segura… Así que, si estoy en lo cierto, llevará un tiempo poder descifrar cada componente. —Se tapó la boca con la mano y negó con la cabeza—. Nunca había visto algo así… y no sé qué tan poderoso pueda ser.

—¿Poderoso? —Didier preguntó con más incredulidad que duda. Entrecerró los ojos como quien busca enfocar mejor, solo que en su rostro significaba algo más: «Te pasaste con esto, Alba», pero no dijo nada. Arqueó las cejas y, ante la mirada circunspecta de su interlocutora, la instó a seguir.

—Hay en este mundo, mis queridos, más de lo que nuestros ojos son capaces de ver, más de lo que nuestros oídos pueden oír, más de lo que nuestra piel puede sentir. La realidad es algo que está más allá de lo que nuestra mente atrofiada por el peso de los siglos pueda percibir... y eso es algo que no debemos olvidar. —El tono de su voz denotaba el peso de algún conocimiento que llevaba sobre sus hombros—. Es terrible la dicotomía memoria/olvido... Por ejemplo, los muertos no están totalmente muertos hasta que alguien los olvida. Los libros dejan de ser libros sin nadie que los lea. En ambos casos, la condena del olvido es la no-existencia. El problema entonces, mis amores, es saber qué o a quién hemos olvidado y qué nos quiere decir desde las sombras en la cual se pueda encontrar.

Sin que se pusieran de acuerdo, callaron por varios minutos, moviéndose apenas para sorber un poco de té o animarse a probar alguna galleta.

—¿Dónde lo encontraron?

—Alba: es asunto feo.

—Es obvio, muchacho: de otra manera no estarías acá, preguntando.

Ambos periodistas se miraron y entendieron que debían dar algo de información pero no toda. No sin estar seguros de nada; no porque fuera demasiado morboso; no porque... porque la mujer no resultara demasiado impresionada ante tanta sangre.

—Yo por mi cuenta y ella por la suya... encontramos una serie de crímenes que se parecen mucho. Lo único que te podría contar es que... que... bueno, que los cuerpos tienen grabado ese símbolo. Ya está: te lo dije. Te dije que era un asunto feo.

—Entiendo. También entiendo que el solo acto de mancillar un cadáver (en este caso, varios) tiene de por sí cierta simbología: el asesino necesita dejar su firma para que todos sepan que fue él. No necesariamente como un indicador de vanidad, sino porque necesita diferenciarse de otros. En este punto, habría que tener en cuenta otros factores, porque tal vez no tenga plena conciencia de su propio sello distintivo o bien exactamente lo contrario: es demasiado consciente y metódico, lo que lo convertiría en más violento y poderoso que en el caso de quien actúa por mero instinto. Si a esto le sumamos un símbolo posiblemente esotérico que no podemos explicar… —Se encogió de hombros. Hizo un breve silencio durante el cual terminó su taza de té—. Es mi opinión, al menos.

—Señora…

—Alba, querida. Solo Alba… o *Madame* Alba.

—Em… Alba: ¿No está exagerando un poco? Digo… que me diga que el asesino crea que lo que hace tiene cierto «poder»… ¿No es mucho?

La mujer se la quedó mirando, buscando escudriñar cada mínimo atisbo de pensamiento, cada señal que le permitiera hacer una valoración de su carácter.

—Sabe que tiene poder…

Hubo una pausa durante la cual los aromas volvieron para tomar la iniciativa, llenando el ambiente con nuevas especies provenientes de algún lugar fuera de la vista. «Es la sugestión… Todo es la sugestión», pensó Didier al sorber la última gota de té y hacerla fluir entre el paladar y la lengua, saboreándola durante un tiempo considerable. Ese solo gesto, pequeño, de una cotidianeidad casi absoluta, desencadenó otro mundo de sensaciones; uno en el que los elementos parecieron pasar al plano de lo onírico, como en una pesadilla sin sueño. Pronto percibió un nudo en el estómago tan enredado que se le figuró demasiado similar al de los complejos entramados celtas (la astróloga le había metido esa idea, ¿cómo se la quitaría ahora?). Por unos segundos, que le resultaron largos y confusos, no pudo respirar: el aire se negaba encarecidamente a entrar en sus pulmones, ni siquiera a costa de pellizcarse las piernas a escondidas de las damas. Por supuesto, no dijo nada. Sintió alivio cuando Alex se levantó para observar los cuadros que pendían de las paredes y la atención de Alba se centró en ella. Eso era bueno, porque le sudaban las manos; se las restregó debajo de la mesa buscando bajar sus niveles de ansiedad, pero fue inútil. De hecho, fue peor: descubrió algo más: estaban rojas de sangre. El corazón le dio un vuelco. Realmente, odiaba la sangre. Creyó que caería desmayado allí mismo: ¡tremendo papelón! El solo recordar cómo había reaccionado con las fotos… Hasta le pareció escuchar la porcelana haciéndose añicos luego de volar por los aires como en una vieja comedia de situaciones. Odiaba la sangre, sí... le retorcía el estómago, hasta le temía llegado el caso... pero le causaba también una profunda e inevitable atracción.

Levantó las manos para vérselas mejor y le sorprendió que nadie se hubiera fijado en él... en ellas...en el rojo brillante que las cubría casi por completo. ¿Cómo no se daban cuenta? ¿Cómo...? «*Merde*», murmuró.

—¿Todo bien, cielo?

—Em... Sí, sí. Entonces, ¿vas a ayudarnos? —«El arte de cambiar de tema», pensó—. Le dije a Alex que podrías con esto.

—Adulador. Siempre tan caballero. Además, tu acento siempre me convence. Dame un día o dos, así reviso mis libros.

Didier le tomó las manos e hizo el gesto de besarlas.

—Un recuerdo de Saint-Aunès, Montpellier... No te molestamos más. ¿Alex?

—Pero...

—¿Terminaste tu té, querida?

—Sí, sí... pero...

Didier la tomó por el hombro y dio un ligero tirón hacia atrás, en dirección a la puerta.

—Vamos: tenemos mucho que hacer.

Le indicó con un gesto que tomara sus cosas, y salieron del departamento saludando con cortesía. Caminaron en silencio hasta la calle. Alex mostraba signos de estar demasiado ofuscada como para intentar algún tipo de comentario y Didier... sabía demasiado de mujeres como para evitar la sola idea de sonsacarle uno.

Luego de un rato, se detuvo en seco frente a una pizzería de barrio, de esas que solo tienen tres o cuatro mesas y cuya decoración parece sacada de una revista de los años sesenta. Entró y esperó que la joven se percatara de que debía acompañarlo.

—Dos porciones de «muzza» con fainá —dijo al entrar—. ¿Vos querés?

—¿Qué?

—Que si tenés hambre...

—¿Cómo podés...? ¡Acabamos de tomar el té!

—Eso no es un almuerzo... ¿Vos te pensás que me alcanza? Sentate conmigo y hablamos. Vengo siempre acá: es uno de los mejores lugares de Buenos Aires para pensar un rato.

Se ubicaron junto al ventanal.

—¿Cerveza?

—¡Didier!

Levantó la mano en dirección al mostrador y gritó:

—¡Dos birras!

—Estás a punto de volverme...

—¿Loca? Te doy una noticia: ya lo estás... si no, no tendrías el blog que tenés y no te hubieras metido a laburar conmigo —consideró, tajante.

Metió la mano en el bolsillo de la chaqueta y, para sorpresa de Alex, no extrajo ningún enredo de papeles sino solo uno, muy bien plegado y del color parduzco de los artesanales. Ante la mirada atónita de la joven, lo desdobló con cuidado, sin apresurarse y respetando algún orden extravagante como la forma que llevaba: un gran triángulo equilátero de unos cuatro centímetros. ¿Quién hace una cosa de esas?

—Conozco a Alba hace mucho...

Se retiró hacia atrás cuando el mozo le sirvió la bebida. Tomó uno de los porrones, lo hizo chocar contra el otro que Alex no tocó, y bebió la mitad casi de un sorbo.

—... y sé cuándo retirarme... Ella tiene un don, ¿sabés?

—¿Un don? ¡Vamos!

Se encogió de hombros y leyó, frunciendo los ojos y haciendo un gesto chistoso con la nariz, un papelito que tenía encerrado en el puño. Necesitaba anteojos, pero se negaba a utilizarlos.

—«600 N / 48 H».

—¿Qué significa?

—No parece difícil... supongo que seiscientos norte y cuarenta y ocho horas, ¿no?

Alex se llevó las manos a la boca.

—¡Me quiero matar! ¿Estás diciendo que hay otro muerto más, otro del que no sabemos nada?

*　*　*

Encendió nueve velas… tres por cada uno de los comensales. Se obligó a no moverse durante un tiempo, esperando que, finalmente, las llamas se volvieran verticales del todo y hasta que su danza inquieta fuera tan solo un contoneo sensual. Cerró los ojos, se agitó en su sitio de adelante hacia atrás, hamacándose sin ritmo visible, únicamente al son de una música que estaba en la memoria de su instinto muscular. Vació su mente de todo contenido previsible y entró en un trance suave y placentero.

—Ábrete —susurró.

Y colocó sus manos sobre su propia taza vacía, percibiendo en las palmas un calor que ya no estaba. Abrió entonces el coladorcillo y esparció en el fondo de la porcelana la totalidad de su contenido.

—Ven a mí —ordenó luego.

Y el aroma del anís, la canela y el sauco llenaron sus pulmones por sobre otros que había elegido para ese momento en especial.

—Déjame ver —murmuró luego, y fue por cada uno de los otros dos lugares en la mesa, repitiendo de manera ritual cada movimiento. En cada taza los restos del té le dictaron secretos que los otros hubieran deseado guardar.

—Es malo… Algo no está bien acá —dijo, y cayó desmayada por el esfuerzo.

5

Nada más que un mapa

—¿En serio?

—Que sí, que es más fácil que con un GPS...

Didier desplegó un mapa sobre la mesa que, horas antes, había exhibido las fotografías y los informes de cada uno de los muertos que le quitaban el sueño y le provocaban desatinos estomacales. Colocó el pulgar sobre el punto que indicaba la ciudad de Neuquén y, usándolo como pivote, usó el índice para trazar los seiscientos kilómetros según la escala de las referencias que figuraban al pie, situándolo lo más al norte que pudo.

—¡Ay, por favor! ¡Eso no puede ser exacto!

—Dudo que las visiones de Alba tengan precisión digital... a lo sumo, ¡de cinta métrica de costurera! —dijo y se echó a reír. Necesitaba reírse porque sí, porque siempre consideró que era la mejor manera de despejarse la mente. Además, fue casi como volver a foja cero desde la despedida de soltero. Rio con más ganas aún, hasta que le fue imposible mantener la compostura y necesitó serenarse con un vaso de agua: no volvería a beber alcohol por varios días... la cerveza no contaba, por supuesto.

—No sé de qué te reís... Esto es una porquería y, ¿vos te reís?

—Digamos que si quiero pensar de manera coherente, necesito estar de buen humor. —Echó los hombros hacia atrás, se dio unos golpecitos en las mejillas y enarcó las cejas—. No hables por un rato.

—Pero...

—¡Sh!

«A cuerda, parece que la cabeza me funciona a cuerda», pensó. «Concentrate, Didier. A ver: causa, efecto... toda acción genera una reacción... Si no lo puedo visualizar, entonces...

¡Ya!». Fue como embrujado hacia el cajón superior del aparador, metió la mano y revolvió, sin prestar mucha atención: era más una cuestión de tacto.

—*Voilá!* —gritó, mostrando un compás.

—Eso es estúpido…

—¿No querías más precisión?

Calculó los seiscientos kilómetros según la escala que indicaba el mapa rutero al que ahora se habían asomado ambos. Puso la púa sobre Centenario y con la mina de carbón fue buscando el norte.

—¡Malargüe!

—No, no… Hay algo más arriba. No veo qué dice…

—Es un paraje, parece: El Chacay.

—Alex: buscá en Internet. Necesitamos acceso a los diarios locales, por lo menos. Si tenemos otro muerto, deben haber publicado algo.

Ella asintió. De pronto, notó cómo la adrenalina se apoderaba de su torrente sanguíneo inundando cada célula de un vigor adictivo. Le gustaba esa sensación de bríos renovados y placeres indescriptibles. Contuvo una sonrisa cuando la *notebook* le devolvió la información deseada, pero se molestó al sentirse interrumpida en el festejo de su pequeña victoria.

—¿Café… o té?

Alex se detuvo en seco y dejó las manos suspendidas en el aire, sobre el teclado. El hecho de enarcar las cejas, cerrar los ojos y morderse ambos labios fue algo más que una serie de gestos instintivos: era un modo de ganar unos preciados segundos para elaborar algún tipo de respuesta, una coherente con la sorpresa y las sensaciones de lo vivido esa mañana. No la tomarían por sorpresa de nuevo.

—No tengo intenciones de tomar té de nuevo… ni ahora ni por varios días por lo menos.

—¡Je, je!

—No es gracioso.

—Lo sé.

Didier puso junto a ella un jarro con café humeante y algunas vainillas en una canastilla de mimbre. Luego, acomodó una silla lo más cerca posible y se sentó.

—¿Hay mucho? Digo, para leer.

—Páginas, sí… pero no creo que haya tantos crímenes en la zona: debería ser fácil.

Leyeron los titulares y los copetes de las noticias más interesantes sin encontrar nada que cuadrara en sus parámetros de búsqueda. Por un momento, la sombra de la frustración pasó junto a ellos como un espectro de pura desolación. Pero fue eso, solo un instante.

—*Ah! Mon Dieu!*

—¿Qué pasó?

—¡Mirá la fecha!

—¿Qué tiene? Es de hace dos días, como dice el papelito ese…

—¡Alex! Si el crimen fue hace cuarenta y ocho horas, la noticia debió salir…

—¡Un día después si fue por la noche! ¡Qué tarada!

Abrió una por una las páginas web que había localizado y modificó la fecha de búsqueda de cada una de ellas, para acotar los resultados y volvieron a leer.

—*Ça y est!* —Didier puso el dedo sobre la pantalla—. ¡Tenemos un cadáver!

Casi de inmediato se arrepintió de semejante exclamación: ¿Acaso estaba feliz? No exactamente, pero siempre celebraba las pequeñas victorias que una investigación, aunque sea mínima, le podían proporcionar. Y no habían empezado. Se apartó unos metros, pensativo. Tomó un cigarrillo de la cajetilla de sobre el aparador y salió al balcón para dar las primeras pitadas. Observó a la joven de reojo: estaba chequeando la información y, de seguro, buscando coincidencias. La situación era, por lo menos, rara: se suponía que las «chicas bien» no se quedaban a dormir en casas de tipos como él. Tampoco era una mujer común, eso sin duda alguna. Era extraña: decía creer en mitos urbanos pero no había soportado la experiencia en lo de Alba. Extraño. Tal vez era de esas personas que suelen creer en las «cosas raras» de la vida, sin tener experiencia personal alguna. Seguro. Hizo una mueca con los labios, llevándolos hacia la derecha: gesto habitual ese cada vez que necesitaba concentrarse en algo. Tenía mañas, muchas mañas: profesión, edad, estilo de vida, lo habían hecho un hombre único. Se rascó la cabeza.

—¿Y?

—Podías haber venido a leer… —El reproche se extinguió con rapidez—. No parece que nos sirva.

—¿Por?

—No da el tipo: hombre, sí, pero de sesenta y tres años. Los otros eran más jóvenes. —Leyó en silencio unos segundos más—. Dos tiros en el pecho. Al tipo lo asaltaron.

—No, no parece ser lo que buscamos —dijo con desilusión—. Tiene que haber algo más.

—No, nada más.

—*Merde!*

—¿Viviste mucho tiempo en Francia?

—El suficiente —afirmó rechazando dar más explicaciones. En realidad, más que medir el tiempo en días lo hacía en intensidad y, sí, había sido demasiado—. Un caso feo que llevó mucho resolver. Es todo.

Estaba de mal humor. ¿Quién le mandaba a preguntar? Tal vez solo quería ser amable. Tenía que serenarse si quería pensar con cierta coherencia. Se distrajo colocándose una muñequera de neopreno con una parsimonia tal que hubiera exasperado a cualquier otro. Todavía le dolía desde la mano hasta el codo, pero no había tenido tiempo de reparar en ello. Se tomó un analgésico.

—Alba no se equivoca nunca —sentenció.

Alex se pasó la mano por los labios y se pellizcó suavemente la mejilla, pensando cómo responder.

—Vine a que el mejor me enseñara a investigar, no a confiar en brujas y charlatanas.

—Ahí tenés la puerta.

—¿Nadie te dijo que tenés un carácter de mierda? —Alex le sostuvo la mirada. Pudo haber recogido sus cosas y salido de allí con la altivez que merecía el caso; pero no, no le daría el gusto: hubiera sido alimentar un ego que no debería descontrolarse.

—Si pensás que voy a salir huyendo, sentate a esperar: te vas a cansar.

Didier colocó su rostro a escasos treinta centímetros del de ella y la miró directo a los ojos, desafiante.

—Bienvenida —le dijo—. Parece que te graduaste: no soy un tipo fácil y no trabajo bien en compañía.

Se sentó junto a ella y apartó la *notebook* para que no se interpusiera entre ambos.

—Lo de Francia fue feo —añadió. Si iban a trabajar juntos, ella necesitaba saber—. Se trató de un violador serial.

—Disculpame: no necesitás decirme lo que no quieras. —Se sentía turbada.

—Tenés que poder entender.

Ella asintió.

—¿Por qué vos… y allá?

—Mi prima vive ahí… Soy de familia francoitaliana; de hecho, yo nací en Francia: mis padres trabajaban en una multinacional y se vinieron a Buenos Aires conmigo cuando tenía seis años. Ahora que están jubilados viven en San Isidro. Bueno, tienen una casa ahí, porque la verdad es que viven viajando. Saint-Aunès, en Montpellier, es un pueblo chico, rural y vitivinícola, así que como te imaginarás, todos se conocen, y mucho. Por lo tanto, es esperable que un caso como ese cause un revuelo bastante feo entre los vecinos. Necesariamente, si querían evitar un escándalo que los destruyera como comunidad, tendrían que acudir a alguien de afuera. Y ahí estaba yo, queriendo abrirme paso en esta profesión que amo, pero que llegué a odiar con toda mi alma. Lo que vi, lo que viví, de alguna manera, me hizo ser quien soy… así, con mis mañas y mis fobias. Creo que por eso ya no quiero estar demasiado tiempo lejos de Buenos Aires.

—¿Solo vos investigabas?

—Fui algo así como un asesor de la policía local.

—¿Lo encontraron?

—Sí, pero llevó más tiempo… y más víctimas de lo deseado. El tipo terminó muerto.

Unos golpecitos en la puerta rompieron el clima confidente en el que se habían inmerso. Se sintieron molestos. «Mal momento, mal momento», pensó Alex. Quería saber más acerca del hombre en cuyo departamento había pasado la noche sin siquiera considerar si era lo correcto o no. Era raro... Había aceptado quedarse en casa de un completo extraño, sin temor, sin dudarlo siquiera. Y no es que anduviera por la vida quedándose en casas de tipos desconocidos, como una cualquiera. Pero allí estaba... decidida a llegar al final de aquel asunto sin que nada importara de verdad, nada que no se refiriera al mayor acontecimiento de su vida.

— ¿Quién es? —gritó Didier con evidente mal humor.

—Franco, el sobrino de Alba.

«¿Sobrino? ¿Qué sobrino?». Alba nunca le había mencionado ningún sobrino...

Abrió la puerta y vio a un joven que le sonreía desde el pasillo con la mano extendida. Aceptó el saludo y lo invitó a pasar.

—¿Cómo llegaste hasta acá?

—El portero me dejó pasar. Es un hombre muy amable...

—...que se va a quedar sin trabajo si no deja de meter gente desconocida al edificio —aseguró con sarcasmo sin disimular su profundo malestar.

El primer impulso de Alex fue guardar todo lo que pudo: mapas, fotos, notas... No tanto por preservar a la visita de los horrores que tenían a la vista. Si no como instinto de conservación: «La primicia ante todo».

—Supongo que sos Alex. Me gusta tu trabajo: buen blog.

La voz segura que acababa de escuchar la había sacado de la especie de letargo en el que se encontraba. Lo saludó solo con una sonrisa, agradecida por el cumplido. Semejante situación la había tomado por sorpresa. ¿Cómo sabia él...? Se lo quedó viendo con los ojos y la boca muy abiertos. Inconscientemente, ladeó la cabeza para observarlo mejor. Se trataba de un hombre de unos treinta y pico, no demasiado alto aunque, junto a ella, cualquiera podía serlo. No podía dejar de observar su cabello renegrido ni sus larguísimas pestañas dándoles marco a unos enormes ojos color miel.

—¿Pasó algo con Alba?

—No, no... Ella está bien, pero me dio un par de sobres para ustedes y me pidió que se los diera en orden... Así que, bueno:

aquí está el primero —dijo exhibiéndolo en su mano frente a ambos periodistas y colocándolo luego sobre la mesa.

Didier contuvo el aliento antes de ir por él. Frunció las cejas al levantarlo y percibirlo un tanto pesado y rígido. ¿Qué había allí? Entrecerró los ojos con evidente molestia. ¿Qué necesidad había de pegotearlo tanto? Iba a rasgarlo pero optó por observar, primero, su contenido al trasluz: lo último que necesitaba era romper algo importante. Fue por un abrecartas en forma de espada que había comprado en un mercadillo medieval, metió la hoja entre las solapas y lo abrió de un solo corte. Dentro encontró tres cartas de tarot: *L'Ermite*, *La Papesse* y *La Maison Dieu*.

—Y esto... ¿Con qué se come?

—Yo no me burlaría si fuera usted, señor Donarrumma.

—No me malinterpretes, ¿Franco, me dijiste, no? No tengo ni idea de cómo hacer eso y no sé si tengo ganas de aprender.

—Sí: soy Franco —respondió con cierto tono de molestia en la voz—. No tengo el tipo de don de mi tía Alba, pero puedo intentar transmitirles la interpretación que ella me dio para ustedes —afirmó convencido de sus palabras—. ¿Puedo?

Sin esperar más respuesta que la obvia, se sentó a la mesa y tomó las cartas que Didier le ofrecía. Las colocó boca abajo y cerró los ojos, concentrándose. Tomó la primera y meditó por un segundo cómo explicar lo que debía.

—Hay dos maneras de encarar este tipo de cosas: una, la más habitual, es bastante superficial, simplista si quieren, pero también dice lo que el otro quiere oír: nadie desea escuchar que le va a ir mal en la vida. La otra, es mucho más profunda y explora lo que el universo intenta decirnos, a nuestro intelecto, a nuestro corazón y a nuestro espíritu. Cada arcano, cada carta, se sitúa exactamente donde se supone debe estar. Se puede creer en estas cosas o no, se puede hacer lo imposible por ignorar cada designio pero, les aseguro, lo que no se puede hacer es escapar cuando las cartas han hablado con la boca y las manos del que sabe.

»Tía Alba nos dio tres cartas y lo hizo por algo que iremos descubriendo. Como dije, hay una manera simple... Por ejemplo, considerar que El Ermitaño indica el encuentro con un anciano sabio que pueda aconsejar en el momento de duda... supongo que bien podría ser la misma tía Alba. Es alguien que camina en el plano espiritual porque posee el conocimiento divino para mostrarnos el sendero que debemos seguir.

»La Papisa es una mujer muy sabia, pero que a veces coarta las acciones con sus principios tan cerrados. Una mujer de sentimientos muy fuertes y definidos, representa el poder del conocimiento en evolución, la ciencia oculta e iniciática del pasado, presente y futuro, de profundos secretos y que nunca muestra todo lo que sabe.

—Sinceramente, *esa* suena más a tu tía Alba —interrumpió Didier, pero no fue tenido en cuenta por Franco.

—La Casa de Dios o La Torre es el cuidado que tenemos que tener con nuestras limitaciones, para que no nos pase cómo a Ícaro que por querer llegar más allá de lo que podía cayó sin remedio. Visto de otra manera, menos liviana. Habla de la necesidad de tener bases sólidas, pero también de que tenemos necesidad de replantearnos nuestros valores y nuestras ideas, habla del poder de la materia... sin embargo, la torre está siendo destruida, por lo que indica, justamente, destrucción, problemas, replanteamientos y muerte. Las cosas no pueden seguir como están y hay necesidad de reflexionar sobre lo que no funciona. Hay quien le encuentra, en el hecho de necesitar volver a empezar, una idea positiva, por supuesto. Pero para Alba, en esta ocasión, es mala, muy, muy mala cuando sale al final de la tirada, porque habla de metas que no se cumplirán... y, bueno, como dije, muerte.

Sus últimas palabras tuvieron un efecto lógico: silencio absoluto.

—Hasta ahí, lo que sé... yo. Pero no es lo que dijo ella...

—No entiendo...

—Es que tía Alba ve todo de otra manera más sutil si querés, más allá de... de... más allá y punto. Entonces, *L'Ermite*, se relaciona con impedimentos externos que te obligan a la introspección, a momentos en soledad, de silencio. Más que nada, con ir en busca de respuestas en tu ser interior. A veces tiene que ver con depresión, con reposo por enfermedad... como un momento de fijarnos, en nosotros mismos qué nos está pasando.

»La Papisa, entonces, representa el aspecto femenino de la sabiduría en tanto complemento de El Mago, que es el conocimiento intelectual, racional, solar (lo que es visible, lo que todo el mundo conoce. Ella, La Sacerdotisa, está más en relación con el conocimiento de los arcanos, ancestral y eterno... El lenguaje del universo, de los símbolos y las señales, es decir, de aquello que está detrás de lo visible, lo oculto. En un plano más superficial, habla de energías engañosas; que lo que parece ser (y ahí hay que tener cuidado), en realidad no es y que hay que intentar ver en profundidad lo que se está viendo.

»La Torre, en el sentido más superficial es la presencia de desgracias, caídas, ruinas... un *shock*, lo inesperado y repentino... aquello que altera el orden natural de la vida de alguien porque irrumpe en su equilibrio y lo agarra desprevenido... Ahora, en un plano más profundo, es idea de rebelión, revolución, liberación... fundamentalmente, implica una obligatoriedad de cambio: lo que viene siendo el cuerpo de creencias, el orgullo, la soberbia, no funcionan y se convierten en tu traba, en tu cárcel y se debe romper esas ideas para abrirse a otras miradas, a otro camino, a otra actividad.

»Después de decirme eso —dijo recobrando el aliento y encogiéndose de hombros—, me sacó a empujones para que viniera para acá.

—¿No te dio una interpretación según el orden que salieron?

—No, pero supongo que no es difícil de entender: una persona sabia nos aconseja en la investigación...

—Alba.

—...sobre alguien cuyas acciones conllevan un fuerte componente místico...

—*Voici le symbol!*

—...que siempre llevará a la destrucción, a un cambio de estado o la muerte.

—Eso no está bien del todo, ¿no?

—No, no mucho... Y no sé por qué ella se preocupó, porque en general esos son arcanos bastante buenos.

—Dijiste que no sabías de esto...

—No tanto como ella... —Sonrió—. ¡Ah! Y dice que está trabajando con el símbolo.

—Bien ahí, gracias; aunque pensé que...

—¡Em! No, no, es otra cosa... pero, la verdad, ni idea de qué hay ahí.

Metió la mano en el bolsillo exterior de la mochila que había dejado sobre el sofá al entrar y sacó otro sobre, también cerrado con prolijidad. Lo colocó sobre la mesa y se sentó, expectante.

—Entonces, ¿no te dijo qué es?

—¡Ay! Por Dios! —exclamó Alex—. Demasiado misterio para mi gusto —afirmó y, sin esperar la opinión de los demás, tomó el sobre y lo abrió sin tanta alharaca como Didier. Ante la mirada sorprendida de los dos hombres, sacó tres hojas impresas.

—¿Qué dice?

—Que nos vamos a Mendoza.

La expresión de Franco manifestaba puro desconcierto. De hecho, por un momento, ni siquiera fue capaz de hilvanar un pensamiento medianamente coherente. Los tres se asomaron para ver los impresos: eran reservas de avión.

—No lo puedo creer... Se pasó de la raya esta vez.

—A mí me parece que Alba quiere que te unas a nosotros...

Mientras Didier quedaba pensativo, Alex se echó a reír de manera prácticamente desencajada.

—¡Ay, perdón! Pero esto es demasiado para mí... Decime, por lo menos, que tenés un estómago fuerte... porque si no, de los tres no vamos a hacer uno...

—¿En qué sentido?

—¿Qué tanto te descompone ver sangre?

—No mucho, supongo... ¿Por qué?

—Porque tenemos... bueno, tenemos... ¿Cómo te explico? Algunas fotos un tanto *heavies*.

Franco se encogió de hombros.

—Creo que voy a seguir insistiendo en que solo soy un mensajero. Así que, la verdad es que no tengo intenciones de viajar con ustedes. Les agradezco que me aceptaran sin conocerme siquiera, pero no... desisto.

Didier no pudo más que sonreír.

—Supuse que no te había preguntado. Fue un gusto igual.
—De alguna manera inexplicable, incluso para sí mismo, se sintió decepcionado. Hubiera sido reconfortante tener cerca alguien… alguien con un contacto en el más allá. Rio para sus adentros con semejante locura, hasta que no tuvo más opción que exteriorizar sus ocurrencias, aun a riesgo de parecer más loco de lo que ya parecía.

—Por lo menos era más agradable de ver que estas fotos de porquería —declaró Alex sin siquiera ruborizarse. No ocurrió lo mismo con Didier—. ¿Qué? No me lo podés negar.

—Dejalo ahí. —Optó por cambiar de tema. Se calzó los anteojos y comenzó a leer los impresos que había dejado Franco—. ¡Los pasajes son para hoy a la noche! No lo puedo creer: Alba sabe que no me gusta salir de Buenos Aires…

Alex exageró un gesto de alegría.

—¿A qué hora salimos? Me encanta Mendoza… pero no conozco Malargüe. Dicen que es un lugar precioso y…

—¿No entendiste que no quiero viajar? Podés ir vos y me vas contando lo que ves… eso: una video conferencia debería alcanzar.

—¿Pretendés que vaya sola a investigar un crimen al medio de la nada? Como si, encima, hubiera señal entre las montañas para una video conferencia… ¡No te puedo creer! —Estaba molesta, y ese sentimiento iba *in crescendo*—. Sos de lo peor. No sé para qué vine con vos. Me siento una tarada… yo que te admiraba… yo que… Nada, dejá. Me voy, pero te juro que no me volvés a ver. Dale las gracias a Alba de mi parte por el pasaje.

Recogió sus cosas, que estaban bastante acomodadas, en completo silencio sin ser interrumpida, con los músculos tensos de bronca innecesaria y el gesto adusto. Tampoco dijo nada cuando salió del departamento ni escuchó que alguien hablara, ni siquiera a sus espaldas… ni cuando se acercó al ascensor, ni cuando se dirigió a las escaleras porque no tuvo la paciencia de esperarlo más de treinta segundos. Bajó los seis pisos a la carrera, pensando en a quién iba a preguntarle cómo llegar hasta Aeroparque.

Bajó el último escalón arrastrando sus bártulos, agitada y cansada por llevar el peso mal distribuido. Se detuvo para acomodarse, porque por sobre todas las cosas, no quería que se golpeara la *notebook* que la acompañaba a todos lados como si de una fiel amiga se tratara. En eso estaba cuando sintió un golpe que le hizo caer la cartera.

—¡«Perdón» por lo menos! ¿No? —lanzó sin medirse—. Lo único que me faltaba, un tipo que… ¿Franco?

Él la miró desde arriba con los ojos muy abiertos, en un gesto de asombro. No es que fuera demasiado alto, pero ella apenas rozaba el estándar.

—¿Alex? No te vi, disculpame —rogó—. Es que no entiendo. —Volvió la mirada al teléfono celular que llevaba en la mano—. Me acaba de llamar mi tía rogándome que me quedara aquí mismo esperándolos, que no me baje del viaje… ni del caso, ni nada… Y, ¡apareciste vos!

—Y voy a ser la única… Didier se niega a dejar Buenos Aires.

—¡Yo no tengo equipaje! Salí pensando en que solo le hacía un favor… pero parece que ella tiene todo planeado de antemano… otra vez.

Estaba por completo desconcertado. Sentimiento que, no tardó en descubrir, compartía con la joven periodista que estaba junto a él.

—Mi pasaje quedó arriba…

—No seas tonto… no hace falta ningún papelucho: todo está en el sistema.

—Es verdad… Te llevo las cosas —propuso— si me acompañás a buscar las mías. No tenemos mucho tiempo.

Ella asintió y apresuró el paso cuando la dejaron pasar primero.

—¡Ey!

Ambos se frenaron en seco.

—No se van a ir sin mí, ¿no? —La voz agitada de Didier adormeció el mundo de sensaciones que Alex y Franco habían despertado… todas ellas, en torno a la desesperación y desamparo. Sin decirse nada, esperaban no volver a pasar por ello nunca más.

6

En el campo las espinas…

—…las estrellas en el cielo y en…

—Que no, que no es así… es al revés…

Se tapó la cara con ambas manos: estaba cansada. ¿Por qué Franco no bajaba a desayunar? Necesitaba dejar de escuchar tonterías.

—¡Ah! *C'est vrai!* ¿«En el cielo, las estrellas; en el campo, las espinas y en el medio de mi pecho la República Argentina»?

—¿Se puede saber qué te pasa?

—Tu verdadera pregunta es por qué parezco un idiota…

Alex lo miró con cara de odio: no tenía intenciones de discutir a esa hora de la mañana y, menos aún, después de haber viajado casi toda la noche. Tenía sueño, estaba cansada y, ahora, también fastidiosa.

—…pero es una estrategia para no pensar. Me banqué lo de Neuquén porque estaba con la suficiente resaca (no preguntes) como para no pensar en lo lejos que estaba de Buenos Aires. Ahora… bueno, ahora es lo que hay. Si no meto cosas en mi cabeza, siento que voy a explotar… Es como si fuera una piñata… la llenás de porquerías para los pibes y, enton…

—Didier… ¡Cortala! ¡Pará de hablar o, te puedo asegurar, voy a golpearte con la taza de café! —descargó contra el periodista, y notó el alivio casi de inmediato. Y había sido suficiente: ahora podía terminar de relajarse en completa paz.

—Estaba pensando…

—En estos momentos no estoy muy segura de que sea algo coherente…

—Muy graciosa… Y sí que lo es… Lo que no es coherente es que estemos acá buscando un muerto. ¿Y si Alba se equivocó?

—¡Me estás jodiendo! —Comenzó a pensar que «Ofuscada con este imbécil» sería su nuevo estado en las redes sociales.

—No, no… Es en serio: nunca hubo dos crímenes tan próximos… en el tiempo, digo…

—¡Ufa! ¡Tenés razón! Nunca fue menos de una semana…

—¿Dónde corno está Franco?

—Iba a leer los archivos así que… —Hizo una mueca mezcla de asco y desagrado.

—Sí… Supongo que va a tardar mucho.

—Y más si se descompone —afirmó Alex, recordando las experiencias pasadas—. ¿Sabés qué? Me voy a dar una vuelta por ahí… total, acá nada va a estar abierto hasta media mañana. Vengo en un rato.

No fue una pregunta ni, mucho menos un pedido de permiso: simplemente, se trató de una cortesía… hacía mucho tiempo que no le daba explicaciones a nadie de lo que hacía o dejaba de hacer. Por lo que tomó sus cosas y, haciendo un gesto de saludo, salió del bar donde desayunaban desapareciendo casi de inmediato de la vista de Didier.

Miró el reloj que todavía llevaba en la derecha: eran las ocho. Torpe. Eso le había recordado el dolor punzante de la muñeca izquierda que todavía iba y venía. Buscó al mozo entre los turistas que comenzaban a pulular en el lugar y lo llamó.

—Otro café con leche.

El hombre lo miró desconcertado, enarcando las cejas.

—¿Más medialunas?

—Si, por favor.

«Total», pensó, «un kilo más, un gramo menos». Afuera, el sol resplandecía demasiado bajo todavía como para regalar un poco de calor a un día que se presentaría fresco aunque sin nubes. Hacia el oeste, la cordillera de los Andes se veía en su máximo esplendor: tan alta, tan nevada, tan imponente… y tan caprichosa. Didier se estremeció. «Mala época para estar acá», pensó. Recordaba los desastres del deshielo que una vez se había llevado consigo la montaña y hasta a la mismísima Ruta 40… y no quiso ni pensar en estar en una situación similar.

Repasó mentalmente cómo había ido a parar allí, y concluyó que no todo había iniciado con el primer muerto, sino con la mismísima Alba... allá en Francia, hacía... bueno, hacía demasiados años. Porque, después de todo, las décadas pasaban y él seguía pensando de sí mismo que, a sus cuarenta y muchos, estar en forma no era tan necesario como estar con la mente bien despierta. Miró al mozo que le traía el segundo desayuno con cara de idiota, observó lo que le dejaba en la mesa y consideró si lo devoraría o no. Concluyó que sí, que de todas maneras pagaría por todo y que, puesto que estaba lejos de Buenos Aires y tenía morriña, los carbohidratos y la cafeína no le vendrían mal.

Miró el reloj. No estaba demasiado seguro de que Alex debería estar sola por ahí: la veía un tanto frágil, muy «piba» para los asuntos que les tocaban en suerte. Suspiró sabiendo que no podría hacer nada para evitarlo, se encogió de hombros y se propuso engullir lo que tenía delante. Pero se detuvo en seco: una mano de origen desconocido tomó una de las medialunas. Algo no estaba bien: las manos pertenecen a alguien siempre.

—Perdón —se disculpó Franco sentándose frente a él—, pero cuando estoy nervioso me da hambre. Ahora pido y te la repongo.

—*Où que tu sois, il y aura toujours un connard*[1] —murmuró en francés Didier, evitando confrontar en castellano. En general, nadie entendía nada de lo que decía: «La gente solo sabe inglés hoy en día», solía pensar.

—Soy un poco torpe, pero no me considero tan imbécil.

—¿Hablás francés? —Siempre se había escudado en esa idea para decir cosas con cierta impunidad... Ahora sabía que parte de esa dulce libertad, se le había escurrido como nada.

—Soy el sobrino de Alba —declaró, como si con esa sola idea bastara no solo para justificar su francofonía, sino muchas otras cualidades más que iría descubriendo en su justo momento.

—¿Leíste los legajos?

—Sí —balbuceó masticando.

---

[1] Donde quiera que estés, siempre habrá un imbécil.

—¿Y viste las fotos, recién?

Asintió con la cabeza.

—Y tenés hambre…

—No. Solo ganas de comer.

Encargó el desayuno.

—La verdad —prosiguió—, es un espanto todo eso… No sé cómo se aguantan algo así.

—Supongo que te acostumbrás… Bueno, eso no sonó bien: te ponés una coraza. No es que no te dan náuseas y eso, solo que aprendés a controlar lo que te pasa y lo transformás en deseos de exponer al hijo de puta que comete esas atrocidades —afirmó con descaro, como si cada una de sus palabras fueran ciertas para sí mismo.

Franco asintió conforme.

—¿Alguna novedad?

—Ninguna… Le pregunté al mozo y al encargado del hotel hace un rato, y nada. Me dicen que de vez en cuando hay alguna que otra muerte rara (la ciudad creció mucho), pero hace tiempo que no pasa nada digno de ser la comidilla de la chusma más allá de las infidelidades habituales. —Tomó aire, sonriendo pícaro—. Antes de que digas nada, estamos en una ciudad con alma de pueblo.

—Sí, de «pueblo chico, infierno grande» —suspiró resignado antes de percatarse que estaban demasiado tranquilos—. ¿Y Alex?

—Salió a caminar —explicó, interceptando el plato de facturas que traía el mozo.

—¿Y la dejaste? Eso fue estúpido.

—¡Es adulta!

—¡Está mal! —exclamó y se levantó para salir de allí. De pasada, dejó algunos billetes al encargado de la caja—. ¿No venís?

El sol que alumbraba las calles más animadas del centro de Malargüe se posaba sobre sus cabezas sin filtro alguno: ni lluvia, ni nubes… ¡Era tan diferente al que el periodista había encontrado en Neuquén! De inmediato deparó en la inmensidad del territorio que debían abarcar, de la distancia que lo separaba de su departamento de Buenos Aires y, por alguna razón que no comprendió y que no quiso buscar, no se sintió tan desamparado pese a la lejanía.

Caminaba apresurado tratando de seguirle el paso a Franco. Fue algo así como un *déjà-vu* que no le gustó nada. Rezongó algo ininteligible: muchas cosas le desagradaban últimamente, por lo que temió estar llegando a convertirse en un viejo gruñón. «Combo completo», pensó; y por dentro pasaron palabras e ideas sueltas del tipo «solterón, cascarrabias, hipocondríaco, amargado» y otras que, más que darle ánimos, lo hundían en una suerte de locura depresiva... «Encima, depresivo. *Merde!*».

—¿Se puede saber qué te pasa? ¿A dónde vamos?

—Mal presentimiento, tengo un mal presentimiento —comentó Franco con un fuerte dejo de preocupación en la voz a la vez que apuraba el andar—. Algo no está bien... No, no está bien.

Una sirena al paso le dio la razón. La segunda, fue su exacerbación hasta el límite del paroxismo. Corrió los metros que le faltaban para llegar al cuartel de bomberos con la mente en blanco, bloqueada a toda idea coherente y el cuerpo moviéndose por inercia pura. Observó la intranquilidad del escaso personal que iba y venía desde el interior del edificio hasta la vereda: se hacía evidente la gravedad de lo ocurrido.

—¿Y a vos qué te importa?

Obtuvo como lacónica y malhumorada respuesta del único policía presente. Debió saber qué hacer, cómo dirigirse a los bomberos y resguardar la situación (después de todo, para eso estaba), pero no. Si no hubiera sido por Didier, todo se habría perdido. Se permitió observar en silencio cómo cambiaba su postura corporal, cómo modificaba su tono de voz y su actitud hasta acrecentarse como una autoridad indubitable exhibiendo su identificación de prensa y su aplomo. Parecía otro. Cuando volvió en sí, el caos estaba igual... para los demás: para él, cada pieza parecía encontrar su justo y coherente lugar en el complejo entramado del rompecabezas en el que se adentraban.

—¿En serio está tan mal?

—¿Estás seguro? No puede ser...

—Hay que llamar al comisario.

—Ya lo sabe y va para allá: estaba pescando con su hijo. No creo que llegue antes que yo.

—¿El fiscal?

—Ya sabe, pero tampoco está en la ciudad ahora.

—Necesito conocer los detalles: sigo un caso parecido.

—No hay nada para un periodista.

—Eso no lo decide usted.

Las voces se organizaban solas en la cabeza de Franco. Sonrió. Ya comenzaba a ser él mismo de nuevo. Se irguió. Se acercó a quien consideró llevaba la voz de mando y le dijo algo al oído: rápido y certero. Luego llamó con voz fingida.

—Señor Donarrumma: el juez López Dumon lo busca.

Le dio el teléfono y esperó a que el otro entendiera la indirecta.

—Decile que estoy ocupado… y que todavía no sé nada de su asunto.

Fue como un baldazo de agua fría. Todos los que habían escuchado semejante manera de tratar a un magistrado enmudecieron de pronto, sin saber cómo reaccionar ante un hombre para el cual un juez no era nada.

Didier hizo una mueca de satisfacción.

—¿Podría… repetirme lo que ocurrió?

El otro abrió la boca en un gesto entre estúpido y desesperado.

—Que si puede repetirme…

—Sí, señor Rona…

—Donarrumma. Quiero los detalles —tronó sin elevar la voz.

—Se trata de un masculino occiso encontrado hace algunos minutos en El Chacay, a unos cien metros más o menos de la ruta.

—Dije: detalles —inquirió.

—Un homicidio raro. Los agentes están… inquietos. No sé más.

Se dejó llevar cuando sintió la mano de Franco en la espalda junto con un «Licenciado, por acá». Se alejaron solo para encontrarse con Alex en la vereda de enfrente: se había quedado al margen de la situación y había hecho bien con ello. Desde algunos metros más allá, todo el alboroto parecía más tremendo de lo que habían percibido desde dentro. Se escuchaban las voces confusas, sin que las palabras fueran inteligibles pero el tono de desconcierto y el desorden solo acrecentaban lo que les pareció obvio: no sería aquel un cuerpo más. Ella no estaba sola pero no preguntó. Hacer silencio les permitió ordenar ideas y pavonearse lo suficiente como para que alguien creyera que no podrían dejarlos al margen, especialmente al tipo que había puesto en su lugar a un juez. Los miraban de soslayo, ¿serían amigos o enemigos? Didier sonrió. No lo podía evitar: estaba comenzando a disfrutar. Después de todo, un pequeño triunfo no venía mal. Rompió el silencio para alejarse de tanta jactancia.

—¿Alex?

—Chicos, ella es Carla Becerra, la directora del Diario Siempre al Sur. Me estaba acercando para ver a qué hora nos podrían recibir cuando escuchamos el tumulto. La redacción está acá cerca —explicó con toda soltura—. Carla, estos son Didier Donarrumma de radio Máster XXI y Franco... ¿Cómo te describo?

—Su secretario. Con eso bastará... Franco Boch.

Pronto se pusieron al día: No, no hubo crímenes en la zona durante más de tres meses «gracias a Dios, aunque con algo así los diarios venden más (perdón no quise sonar tan morbosa)». «Con acento en "tan"», pensó Franco. Y sí, sí tenía movilidad como para acercarlos a la escena del crimen aunque no sabía cómo los dejarían pasar.

—Va a pasar un tiempo antes que llegue el fiscal desde San Rafael, así que...

—Tenemos nuestra propia fiscalía, señor Donarruna...

—Dona...

—Donarrumma —se anticipó Franco—. Licenciado Donarrumma.

Didier se paralizó un instante intentando comprender a dónde quería llegar con tanta formalidad el sobrino de Alba. Y se dio cuenta de algo: no sabía exactamente su propósito. Por segunda vez, se dejó guiar pero definitivamente eso no quedaría así.

—Como entenderá, una persona como él dispone de un tiempo escaso, por lo que será necesario que pueda apreciar la escena cuanto antes.

—¿Cómo él? —Carla evidenciaba una confusión real y profunda.

—Con sus conocimientos y su nivel de influencia, por supuesto —aclaró y, a continuación, se acercó a ella y volvió a repetir la acción de hacía algunos momentos: le susurró algo que los otros no pudieron apreciar. Algo tan terrible, o algo tan privado que no pudo más que retroceder turbada por tal sorpresa.

—Voy por mi auto, está a solo unas cuadras. —Fue su respuesta lacónica.

Cuando por fin se quedaron solos, Franco aflojó la tensión del día que había comenzado a entumecerle los músculos. Sopló, exhalando largamente y con un profundo placer.

—¿Se puede saber qué fue todo eso?

-—Yo tampoco entendí nada… —Alex hablaba malhumorada: nunca le había gustado la idea de que los hombres la dejaran al margen.

El joven suspiro.

—Tenía otro sobre —declaró— que debía abrir al llegar acá… y así lo hice.

—¿Por qué no nos dijiste?

—Porque tía Alba es… tía Alba. No se la puede contradecir (nunca tuve argumentos suficientes), no se la puede ignorar y bueno, ella sabe «cosas».

—¿«Cosas»?

—Cosas —afirmó con un tono tal que todos entendieron que no deberían hacer preguntas—. En el sobre estaban los datos del sargento (el tipo al que le dije algo al oído) y de la mujer que se acaba de ir.

—¡No me vengas con que predice el futuro!

—Claro que no, Alex —intervino Didier—. Pero es una mujer muy perceptiva: debe haber supuesto que nos encontraríamos con ciertas personas y actuó en consecuencia.

—Y porque es «tan perceptiva» estamos en Malargüe…

Franco abrió la boca como para replicar algo, pero la cerró de inmediato cuando supo que no tenía idea de qué responder.

—Me pidió que los cuidara, en especial a vos —le dijo al periodista viéndolo a los ojos—. Es todo lo que sé.

El bullicio había cesado y solo quedaba el leve silbido del viento jugueteando con los cables de alta tensión y alguno que otro murmullo nacido no se sabía bien de dónde. Todos tenían un deseo incontrolable de aportar su propio parecer, pero los pensamientos eran incapaces de terminar de nacer en ideas.

Los tres subieron al auto que se había estacionado frente a ellos segundos antes. Durante los cinco o seis minutos que duró el viaje ninguno dijo nada. Tampoco la conductora, pálida de nervios y paralizada por la presencia agigantada de Didier.

Si el frente del cuartel de bomberos había sido un caos minutos antes, el sitio al que llegaban parecía un infierno sin Diablo. En realidad, un Pandæmonium silencioso en el que la desesperación y el terror mellaban de a poco el ánimo de quienes habían osado intentar enderezar las cosas. No era un sitio habituado a los crímenes mayores, pero uno como aquel solo podría presagiar el ascenso de algún tipo de demonio encarnado. Los rostros desprevenidos de los bomberos y de los primeros policías que había enviado el fiscal en una suerte de comitiva previa a su entrada triunfal eran tan solo un dibujo desalineado de muecas agónicas de espanto. Cuando descendieron del auto, los tres sabían qué sería lo que iban a encontrar. Ellos tres, no Carla... y hallaría más espinas que campo.

7

Un hombre solitario: primer interludio

Ante los ojos atónitos, la mujer comenzó a parecer hecha de carne y hueso. Posó sus manos temblorosas sobre ella: solo su frialdad y la dureza de su piel volvieron a recordarle que era una estatua. Los nervios le fallaron cuando le acarició las mejillas.

Con absoluto cuidado y profunda devoción la bajó de la peana y la acomodó en el suelo, frente a él. Quería observarla a los ojos porque ahora la luz la teñía con los colores de la vida misma…

Suspiró.

No era un hombre religioso, nunca lo había sido y, de seguro, nunca lo sería. No creía ni en el Dios-Sin-Nombre, ni en ningún dios de panteón alguno… tampoco en el No-Dios, sin embargo, siempre había sido consciente de que la Naturaleza real y tangible no podía bastar. ¿De qué se trataba entonces lo no-explicable? No estaba seguro, no todavía, y sin embargo… Sin embargo estaba dispuesto a poner en marcha un mecanismo ineludible capaz de dar solución a todos y cada uno de sus propios interrogantes y de sus inseguridades más profundas. Y los mitos… Por fin los mitos más antiguos serían confirmados o desechados de una vez y para siempre, aunque solo él lo supiera: él de entre cientos de miles de millones que alguna vez… No importaba nada más que no sea su sed de conocimiento místico.

Abrió y cerró las manos repetidas veces solo para comprobar con cierta tristeza lo que ya temía: sus articulaciones estaban entumecidas y sus músculos con un inaceptable nivel de tensión. Supo de inmediato que nada trascendente podría salir de él en esas condiciones.

Volvió a suspirar.

Se sentó en el suelo, enderezó la espalda todo lo que pudo y cerró los ojos. Inspiró con decisión obligando a sus pulmones a expandirse más allá de lo habitual y, luego, exhaló con fuerza hasta asegurarse de que no quedaba nada de aire en ellos. Satisfecho, comenzó un proceso de relajación de mente, cuerpo y espíritu. En sus años de aprendizaje, también había sido instruido en las artes del alma, adquiriendo destrezas que admiraban sus propios maestros. Nada en él estaba sujeto al azar desde hacía incontables años: cada pensamiento, cada parpadeo, cada movimiento respiratorio, cada latido incluso, era observado con detenimiento por su mente y la fuerza que le confería saberse único en el mundo con un propósito tal, irrepetible e inverosímil. Ser consciente de sí mismo era el primer paso de la última jornada de su camino: revisó mentalmente cada etapa, su duración, los rituales propicios, los conocimientos heréticos que entrarían en juego en ese solo e insuperable espacio del mundo en el que el cosmos irradiaría todo su poder. Respiraba con tal lentitud que cada partícula de aire fluía con pesada somnolencia. Consciente de sí mismo y de las energías gnósticas que fluían en su derredor, absorbió con fruición la generosidad del universo ancestral. Cuando abrió los ojos, se sintió otro.

Supo entonces que estaba listo y no le importaba lo que eso pudiera significar para él. Asintió con un leve movimiento de la cabeza, se puso de pie y pronunció para sí alguna letanía cuyo origen había olvidado... Enardecido su pecho, todo en él fue regido por el poder inigualable de la autodeterminación.

Años atrás había acumulado un pequeño tesoro que, como los piratas, tenía guardado en un arcón. Dentro no se enredaban largos collares, anillos o tiaras sino que se desmenuzaban con el paso del tiempo papeles añejos, papiros y lajas escritos con grafías infinitas entre los dictados de las deidades o las alucinaciones del opio. Pocas cosas conservaba en el cofre que tuvieran un valor real, monetario incluso; sin embargo, para él eran su vida, su alma y su razón de ser. Las manos le temblaron de emoción cuando, finalmente, se decidió a abrirlo, sabiendo como sabía que ese sería el punto de no retorno. ¿Realmente estaba dispuesto a semejante acto de osadía? ¿A afrontar las consecuencias sin importar cuáles fueran? Su respuesta fue un sí rotundo. Metió, entonces, la llave de bronce adornada en plata y oro en la cerradura y la giró con cuidado, con extremo, vital y devoto cuidado… El sonido de los pestillos abriéndose golpeó en su pecho, tañendo un eco imperecedero en la inmensidad de la llanura circundante, llevando consigo latidos de ensoñaciones maduradas en la larga espera.

Tomó entre sus manos un estuche tubular hecho de caña endurecida, y extrajo de sus entrañas un artilugio de cuero y hueso que resguardaba, a su vez, un papel antiquísimo prolijamente enrollado y que daba la impresión de llevar siglos escondiendo secretos. A la escasa luz de las farolas, parecía estar escrito con tintas rojizas. Conocía bien cada símbolo críptico y su mente los transliteró de inmediato. Los sonidos se alternaron en sus fauces entre guturales y aspirados, acentos tonales y vocales de variada extensión. Las cadencias lo acariciaron de inmediato y formaron una melodía que no había sido escuchada en décadas o tal vez centurias. Suspiró a conciencia un par de veces más, antes de continuar.

Pese a todo, las manos le seguían temblando aunque él les pidiera no hacerlo cuando tomó con ellas el collar que había guardado celosamente en un joyero de plata y ébano hacía tanto tiempo ya. Lo colocó con devoto cuidado sobre la mesilla y posó sobre él las yemas de sus dedos, percibiendo suavidades y asperezas, pero también buscando que cada uno de sus sentidos estuviera en su debido foco, conformando un universo necesario, mágico y latiente. Cerró los ojos como tantas veces en esos últimos minutos y dejó que la imaginación completara la historia de la joya. La vio radiante, engarzadas las perlas negras en delgadísimas filigranas de oro blanco cuyo motivo semejaba la constelación de Andrómeda. Olores a mares distantes, ecos de rompientes y labios resecos de sal llenaron la estancia aun sin estar allí, con solo él pensarlos. Y empapado en esas sensaciones tomó el collar y lo colocó en el cuello de la mujer de mármol.

Y dio un paso atrás, dos, tres... innumerables, infinitos hasta el punto en que la contemplación se hizo pura. En su mente, cada detalle de la historia de la hija de Casiopea y Cefeo se dibujó desde las nebulosas del mito hasta la realidad de la dama desnuda que había tallado en mármol y que ahora contemplaba como... como... Él sería su Perseo y ningún monstruo la consumiría nunca. Recordó, de manera inevitable, a Pigmalión y se sintió prepotente al saberse mejor, mucho mejor: él no necesitaba del auxilio de dioses muertos. En su corazón sí fue el héroe enamorado de la mujer encadenada a su suerte y cuya única vestimenta era una joya, y en la ilusión del ensueño o del deseo, la acarició con la misma devoción que a una amante. Acaso la luna fuera cómplice, acaso lo fuera también el fuego que danzaba apenas sobre los candiles, pero la conjunción de sus fuerzas manifestó su poder por primera vez en siglos... A los ojos del hombre solitario, la blancura del mármol fue tomando color viviente, palpitante... rosada la piel con destellos de oro, negro el cabello bañado en plata... El escultor abrió la boca, embelesado por la belleza que no dejaría permanecer muerta y, posando sus dedos en la piel sedienta no fue capaz de calmar el ansia de una lujuria que no había previsto. En ese solo instante olvidó las mil recomendaciones de sus maestros a lo largo de tantos años de esfuerzos, estudio e insomnios. Entonces, sumida la mente en la bruma del morbo, deseando poseer lo que no debía, repitió para sus adentros el antiquísimo conjuro que había aprendido de memoria cuando intentara recrear ese momento irrepetible. «Es tan hermosa», dijo, y acercando su cuerpo al de ella, rozando la piel con la piel, la besó en los labios. Cerró los ojos, no para concentrarse en lo que debía hacer a continuación, sino para saborear el placer que no debía. Había buscado la perfección en su obra, pero ella le devolvía algo que no debía estar allí: tal vez fuera una impureza en el mármol, tal vez una nimiedad sin pulir o sin acabar el tallado... No fue tan dolorosa la punzada como el sentimiento de culpa y espanto: su sangre, su propia sangre, había manchado la inmaculada belleza de la escultura que idolatraba y ahora unas gotas carmesíes se escurrían desde la comisura de la boca hasta la barbilla.

—Fayna —balbuceó—... Eres una nueva *fayna*, entre la luz y el fuego...

Sin pensarlo, repitió como una letanía polvorienta, la segunda parte del antiguo conjuro que tan bien había aprendido con los años y el esfuerzo de la constancia.

Un vendaval sin tiempo arremetió contra los postigos de las ventanas haciéndolos temblar...

—¡No! —gritó—. No, no, no, no, no... ¡Andrómeda! Tu nombre es *Andrómeda*... ¿Me oyes? ¡An-dró-me-da! ¡Andrómeda!! ¿Qué hice? ¿Qué hice?

Los postigos se abrieron con violencia acobardados por las ráfagas que presagiaban lo innegable: el error traería consecuencias y serían terribles. Había imaginado ese momento durante tanto tiempo... en su mente y en su corazón, y siempre había sido inundado de una calma plácida, tibia como una mañana de verano; pero un solo instante de locura lo había destruido todo. Las paredes temblaron, las velas perdieron su fuego dejando la estancia iluminada solamente por algún furtivo rayo de luna. El viento fue menguando hasta que la calma volvió a reinar. Sin embargo, era demasiado tarde. La ausencia total de sonidos era siempre un mal presagio y aquella no sería la excepción.

Comenzó a temblar: nunca antes había tenido miedo por lo que pudiera pasar, pero ese primer y último acto de estupidez acarrearía lo desconocido. ¿Cómo arreglarlo? Mataría una y mil veces por deshacer ese maldito instante.

8

In situ

Después de todo, la rutina no es algo tan malo: levantarse temprano, desayunar más o menos en paz, ir a trabajar por la misma ruta de siempre, ver la montaña de cosas que debiste hacer el día anterior, discutir con tu jefe... Debe ser una de las cosas que más sensación de seguridad dan en la vida. Por supuesto, no es mi caso. Lo era, pero ya no. Sin ir más lejos, hoy desperté en un hotel y, antes del primer café, me puse a ver una serie de carpetas llenas de fotos de cadáveres profanados. No fue agradable, nada agradable por cierto. En realidad, fue todo un desafío. ¿Que si estoy conforme? ¡Por supuesto! Si hay algo que me caracteriza es el tedio... digo, que me aburro con facilidad prodigiosa. No entiendo cómo hay gente que no hace nada interesante con su vida... por el contrario, yo siempre tengo algo por hacer y si no, lo busco... o me lo endilgan: para el caso, da igual.

Me fue mejor, decía, de lo que esperaba más allá de lo que yo mismo hubiera podido suponer de mí mismo y, pensándolo mejor, no me fue tan mal con aquello. Digo, con la visión de los muertos de verdad (porque no eran ilustraciones de alguna novela gráfica). Mal. Muy mal. Hubiera preferido descomponerme del estómago, pero no. Así que no pude precisar qué me iba a ocurrir cuando me encontrara de frente y en vivo y en directo con... bueno, con la siguiente víctima porque que la habrá, eso seguro.

Estoy sentado en la cama y tengo a un lado los archivos que me dio Didier. ¿No fue suficiente? No. Porque estoy en una situación extraña: tengo un sobre cerrado entre mis manos y no me decido a abrirlo. Sin embargo, mis dedos se mueven solos y no controlo mis ojos. No pretendo leer y leo. No deseo contener la respiración y lo hago. No quiero entender y... no entiendo. No sé a qué o a quiénes se refiere, pero está muy segura Alba, y su seguridad es mi desconcierto. Porque si hay algo que nunca pude entender y no lo haré en lo inmediato (supongo que en lo mediato tampoco) es a ella: tiene un nivel de complejidad en su saber, en su mente... en su mundo todo que no sé si hay alguien con la capacidad de seguirla... aunque supongo que Didier... por lo menos ella lo respeta. Yo también, aunque de una manera bastante diferente, claro.

* * *

No suelo trabajar de esta manera: por lo general, reúno notas para luego sentarme muy tranquilo en el espacio que especialmente he dedicado a mi biblioteca personal (y en donde entro yo y solo yo) en mi departamento de Buenos Aires. Me siento con toda calma bien provisto con un par de litros de café, algunos snacks y los teléfonos silenciados para que nadie me perturbe. Sin embargo, este caso amerita cambios, incluso, la posibilidad de intercambiar ideas con otras personas. Je. Van a tener que usar toda su reserva de paciencia para soportar mis... me... a mí.

Y mejor así, porque tal vez comience a no sentirme tan desbordado como hasta ahora. Alex puede aportar ideas frescas: el intercambio con ella podría ser revelador. Franco... no sabría qué decir de él: trae no-sé-qué de parte de Alba y eso (¿o la misma Alba?) me da escalofríos.

No soy hombre de acción ni de rostro en primera plana. Me pone nervioso salir de mi rutina y tengo mal carácter... la joya perdida de la tiara. Supongo que por eso nunca me casé.

Y ahora no sé qué hago escribiendo esta suerte de diario pre-artículo definitivo. Sí, tal vez sea bueno el cambio; de hecho, debería cambiar de vez en cuando. Si algo trascendente diera un vuelco positivo, de seguro no tendríamos que ser nosotros tres los únicos en darnos cuenta de la existencia de este asesino que mata de una manera tan espantosa. ¿Acaso ningún fiscal se dio cuenta? ¿Ni un juez, ni un policía? ¿O no desean que salga a la luz porque algo tan espantoso puede cambiar nuestra concepción de la sociedad para siempre? Creo que estamos solos, sí, y únicamente nos queda reunir pruebas y buscar conexiones sólidas... nada más y nada menos, esperando que alguien reaccione y nos libre de semejante responsabilidad... o asumir las consecuencias y llevar a la luz toda esta oscuridad. En tanto, rezo porque lo que sea que deba suceder... suceda pronto.

* * *

Siempre me gustó viajar. Desde pequeña me quedaba anonadada viendo los barcos perderse en el horizonte que yo consideraba inalcanzable. Por entonces, las olas del mar eran una invitación permanente para que mi imaginación cobrara tanto vuelo como para que no importaran las limitaciones de mi familia o de mi entorno: después de todo, la libertad es un estado del alma. No les echo la culpa a mis padres, no... ya no. Creo que ellos hicieron lo que consideraron correcto en su momento aunque eso fuera... lo que fue. Tal vez algún día esté lista para contar mi versión de los hechos, tal vez algún día terminen de sanar esas heridas. Hoy soy quien soy: independiente, fuerte, combativa. Me siento sin límites y con una tremenda capacidad para superarme día a día. Trabajo en lo que me gusta aunque el pago no sea de excelencia, claro, pero esa sensación de plenitud lo compensa bastante. Eso incluye viajar buscando las historias que dan sustento a mi blog (el que tanto me ha servido para darme a conocer como periodista) y ahora a mi columna semanal. No soy la mejor, no, y trabajar con Didier Donarrumma es un privilegio pese a sus manías y a que no parece haber demostrado tanto todavía. Supongo que el caso es demasiado escalofriante incluso para él, tanto como para que esté en un estado de desconcierto contagioso. Personalmente, espero salirme de ese torbellino de emociones encontradas cuanto antes: no me gusta perder el control de mí misma.

*   *   *

Alex releyó lo que había escrito en el ordenador y, sin pensarlo mucho más, publicó la nueva entrada bajo el título: «Más allá de mi horizonte».

*   *   *

Algo en el ambiente sabía acre. Algo que también, y llegado como una ráfaga, podía helar la piel y dejar en silencio a los presentes. Si bien no había mucha gente allí, era esperable un cierto bullicio... aunque más no fuera debido al asombro o al descontento. Pero no, nada. Ni un murmullo, ni una exclamación... ni el motor de ningún auto, ni el canto de ninguna ave, ni las ramas de los árboles entrechocándose a causa del viento que también parecía haber cesado, solidario con el aturdimiento de todos.

Un pequeño grupo de no más de diez personas permanecía de pie, en completa sensación de pasmo (endurecidos los músculos, la garganta cerrada, los ojos secos de no parpadear).

Didier frunció la nariz cuanto pudo, intentando que el fuerte olor rancio no lo hiciera estornudar. Tomó coraje y caminó a paso firme en dirección al único sitio al que nadie miraba. Debió haberse paralizado, pero una suerte de coraza psíquica lo vació de emociones, al punto de creerse ajeno a sí mismo. ¿Qué pasaría con Alex, Franco y la otra mujer (¿Ya se había olvidado el nombre?)? Tampoco le importó. Lejos de asombrarse, se sintió complacido: así era como le gustaba trabajar, concentrado y alerta.

Observó con detenimiento el panorama general («¡Con razón se fueron todos!»): a unos veinte y tantos metros del arroyo El Chacay yacía el cuerpo de un hombre semidesnudo boca arriba. Era lo que esperaba ver: se había hecho una imagen mental de la escena que encontraría... demasiado igual, demasiado previsible y, sin embargo...

—*Mon Dieu...Et la sang?*

Tomó una lapicera con la mano derecha y, sin tocar nada, midió el tamaño del símbolo que tenía grabado en el pecho, observando, de paso, que no estaba ensangrentado y que era una herida limpia... demasiado según su propio criterio.

Se alejó unos pasos (por alguna razón, no sintió la mirada de los demás en la nuca). Frunció los labios. Algo no era igual. ¿El cuello roto? Sí. ¿Edad? Más de treinta. ¿Heridas en... «ahí»?

—*Ça y est!*—exclamó para sí—. Tiene los pantalones puestos.

—¿Qué?

—Alex... ¿No lo ves? No es igual —musitó.

—No lo sabemos: ¡No se ve!

Franco permanecía alejado, con el gesto adusto y la mirada en alguna lejanía indescifrable.

—Y no pienso mirarle las bolas —le susurró al oído.

Sí le produzco cierto escozor la cabeza del muerto ladeada de manera infinitamente grotesca a causa del cuello roto con violencia extrema. Se estremeció, pero nadie estaba atento a él.

—No estamos acostumbrados a estas cosas por acá. —Escuchó en un murmullo Didier. Negó con la cabeza, se encogió de hombros y, en completo silencio, se dedicó a tomar cuantas fotografías fue capaz. La mirada penetrante de Alex se hizo sentir, pero no le dio importancia: alguien se había dado cuenta, por fin, que era necesario cercar la escena del crimen.

—¿Usted quién es? —El policía estaba notoriamente ofuscado—. ¿Se puede saber de dónde salió?

—¿Y usted es...?

—La persona a quien no debería molestar: subcomisario Hernández. —Fue la respuesta tajante.

—Didier Donarrumma —anunció y tendió la mano en un gesto más amistoso. Aguardó unos segundos antes de elevar la cabeza en señal de altivez (se dio cuenta que ese gesto comenzaba a agradarle). Una mirada más dura fue necesaria para que el otro, finalmente, reaccionara. Ambos hombres asintieron, estudiándose. «Que no me pregunte qué hago acá. Que no me pregunte qué hago acá. Que...».

—El licenciado Donarrumma es asesor del juez Argüello Ruíz —interrumpió Franco—. La señorita Kuzeluk y yo somos sus asistentes: Franco Boch —dijo y le tendió la mano también.

Didier se estremeció. Eso no era un simple engaño, sino una mentira descarada... ¡Y en una escena de crimen! Hasta el nombre del supuesto juez era otro... *C'est incroyable!»*, pensó, aunque murmurando más de la cuenta. Se estaba volviendo descuidado y, si alguien se daba cuenta de las estupideces que estaban haciendo, las consecuencias no serían nada agradables.

—Si no les molesta, me quedaré por aquí observando cómo trabajan —anunció con una mueca que imitaba una sonrisa complaciente. Luego, hizo un gesto que invitaba a una reunión inmediata. Se alejó unos pasos, los suficientes como para que nadie escuchara lo que deberían conversar y aguardó a que llegara el resto.

Le sorprendió que Becerra quedara atrás, no rezagada, sino deliberadamente atrás. No era natural en una periodista, entonces: ¿Qué le había dicho Franco? Después de todo, no importaba. Mejor así: un problema menos.

—¿Didier?

—Como dije hace un rato, no es exactamente igual.

—¿Pero?

—Pero no tengo dudas de que es más de lo mismo.

—¿Eso significa que no hay pistas? —Franco sonaba preocupado, y era lógico.

—Así parece. Nuestro asesino es alguien metódico, despiadado y no tengo dudas de que busca notoriedad. Así que, no es malo que no lo hayamos sacado a la luz: le estamos recortando un poco el ego. Sin embargo, también esto puede hacer que siga queriendo aparecer en los medios y seguramente va a seguir matando hasta que lo logre. El tema es que no pasan, las noticias, digo, más allá de los medios locales y no sé por qué: por algo que no entendemos, ni siquiera se distribuye la información en las redes.

Aguardó en silencio esperando que Alex o Franco pudieran aportar alguna idea.

—¿Y si le damos lo que quiere?

—*Pardon?*

—No demasiado, lo justo como para ver si aparece por fin.

—¿Vos sabés, Alex, por qué no es notorio un tipo como ese? —No esperó la respuesta—. Básicamente, para que no se crea un supertipo, la encarnación de algún mesías olvidado por los simples humanos. También, claro está, porque los grandes medios saben que no pueden manejar una información así: las noticias sin detalles para regodear el morbo no les sirven. Y, en estos casos, el secreto de sumario prima ante todo.

—Todavía no se dictaminó el secreto de sumario acá… Recién encontraron el cuerpo, ¿verdad?

—¿Franco?

Había permanecido en silencio, pero expectante.

—Oí que el primero en llegar fue uno de los bomberos: habría que dar con él.

Didier observó con detenimiento, así, desde lejos, los rostros de los tres hombres que se habían apartado del tumulto policial. Se los notaba consternados, pero uno de ellos llevaba el rostro lívido, con una palidez tan mortal que no ostentaba ni el propio muerto. Se acercó a ellos.

Iba a hablarles con altivez, pero algo lo detuvo: la edad. No la suya, sino la de los bomberos. ¿Saludarlos, no saludarlos?

—¿Quién llegó primero?

Uno hizo un gesto. No tendría más de veintitantos años; según juzgó Didier: todavía un nene.

—Contame, por favor qué es lo que viste. ¿Los llamaron? ¿Vieron esto de casualidad?

—Avisaron por teléfono que había habido un accidente en el arroyo. Vinimos preparados para eso: una pierna rota, un brazo... o desencajar a alguien, sacarlo del agua. Pero esto...

—Decime tu nombre, por favor.

—Alejandro Cifuente.

Tomó nota.

—¿Tocaste algo?

—Nos enseñan a no tocar nada, señor.

—No es lo que te pregunté —respondió tajante. Los vio inquietarse y hacer un silencio embarazoso, bajar la mirada y, aun así, seguir viéndose de reojo.

—Yo... Nosotros...

—Le acomodamos los pantalones.

—*Merde!*

—Era demasiado... demasiado grotesco —continuaron diciendo, incluso cuando Didier se alejaba de ellos corriendo. ¿Cómo haría? ¡¿Cómo haría?! Era un desastre de proporciones olímpicas...

—¿Cómo? *S'il vous plaît!* —masculló arrastrando las palabras sin saber si gritarlas o acallarlas. El tono de profunda ofuscación no lo ayudaba en nada. Escuchó pasos detrás, como si lo persiguieran y, de seguro, era así... todos tenían los ojos sobre él: Franco se había encargado de ello—. *Merde, merde, merde!* —repetía. No le hacía ninguna gracia estar tan expuesto. ¿Por qué Alba se había empeñado en eso? Como si no lo conociera. Se frenó en seco. Sí lo conocía y ella era... era... ella; muy ella. Por algo debía ser. Sacó la lapicera del bolsillo y se agachó junto al cadáver nuevamente.

—¿Qué se supone que hace? ¿No le enseñaron a no tocar una escena?

—Sí, pero aquellos dos tarados la tocaron primero.

—¿Qué?

—Mire, Hernández... —Lo tomó del brazo y lo apartó de los demás—. No debería decirle nada... pero vi otro caso parecido a este. —Algo le dijo que podía confiar, que la información sería tenida en cuenta. Tal vez fuera un buen aliado—. Hay una coincidencia... parece como que nadie quiere darse cuenta o que la información no llega de un sitio a otro de manera adecuada.

—No entiendo... ¿Qué me está diciendo?

—Que hay un loco suelto matando tipos siguiendo algún ritual macabro... muy macabro, y no hay muchos que lo admitan.

<h1 style="text-align:center">9</h1>

<h1 style="text-align:center">Deseos y terrores</h1>

—No entiendo por qué lo hiciste.

Didier no estaba preparado para responder nada. Estaba molesto y con una dosis de frustración demasiado grande como para abrir la boca y no decir improperios. Tenía un deseo atroz de irse de allí, estar solo y cobijarse en el reconfortante regazo de su departamento porteño. ¿Añoranza? Tal vez lo suficiente como para exacerbar todo lo demás, incluyendo su falta de paciencia. Tamborileó con los dedos sobre el mantel. ¿Acaso el mozo se había olvidado de traer el almuerzo? Si se tardaba más… Suspiró aliviado en cuanto lo vio aparecer. Permitió, en silencio, que acomodara en la mesa cada cosa en su lugar: los tres platos de comida, una fuente más con papas fritas, otra con parmesano para sus ñoquis de papas con estofado, pan, sal, pimienta… se sirvió un vaso de malbec y, solo después del segundo sorbo, fue capaz de responder la pregunta con la debida calma.

—Porque tenía ganas. —No era lo que había pensado decir, pero era con exactitud lo que necesitaba expresar—. Me cansé de este jueguito: yo no soy el monigote de nadie… y no —añadió cuando creyó que Franco lo interrumpiría–, tampoco el de Alba, incluyendo sus premoniciones y su percepción extrasensorial o como quiera que se llame lo que hace. Me supera. —Levantó la mano e hizo un gesto para indicar que no permitiría ninguna palabra todavía—. Tampoco tengo idea de por qué mierda estamos acá los tres. No me cierra. Lo lamento, pero no me va. ¿Cómo sabía de antemano lo que iba a pasar, con quiénes nos íbamos a encontrar? Ahora que lo pienso, me da escalofríos.

Llenó el plato de queso y se puso a comer sin levantar la mirada.

—Didier…

—No hay nada peor que perder la libertad de decidir sobre uno mismo. Pensar en decir o hacer algo… y que alguien más (alguien que, además no conocés) se te adelante, se meta y te fuerce a actuar como no querés.

—Yo… yo no pensé que te molestaría tanto. Hice lo que me pareció más acertado, digo, conociendo a tía Alba. Sabés cómo se pone y lo que es capaz de hacer, su nivel de aciertos es increíble.

—Esa mujer me aterra, chicos.

—Yo no le pedí que se metiera… solo que me diera algún dato del símbolo raro ese. ¡Y nada más!

—Te entiendo: no estás tan acostumbrado a ella como pensaba. Disculpá —admitió Franco—. De todas maneras, ¿cómo se te dio por confiar en el sub?

—Al principio fue un acto de rebeldía. Y menos mal: necesitamos un aliado.

—¿Un aliado? Pensé que no querías a nadie más.

—No lo invité a almorzar, ¿verdad? Eso sí, nos vamos a ver a la hora de la merienda. —Sonrió de manera socarrona—. Alex: ¿Vos viste el cuerpo? Porque, vamos, que no es lo mismo ver las fotos que… que… que el asunto *in situ*. Da terror, mucho, pero mucho terror y sentí que nos quedaba grande todo esto.

Volvió a concentrarse en su plato, pero no lo suficiente como para recordar el sabor de lo que estaba comiendo: todo parecía metálico, con un dejo agrio de matices dulzones. Una puntada en el estómago y la sensación de estar masticando sangre hizo que se levantara de improvisto y saliera del restaurante del hotel sin dar ningún tipo de explicaciones.

Fue por completo inesperado. Demasiado según la opinión de Franco, que no terminaba de dar crédito a lo que acababa de ocurrir. La imagen que tenía de Didier (según supuso, también Alex) implicaba verlo como un paladín de la justicia, una suerte de alter ego apocado de un superhéroe majestuoso aunque sin fama. Verlo huir pálido y enfermizo no era el tipo de reacción que había estado esperando.

—¿Y ahora?

—Casi vomita cuando le mostré las fotos de las víctimas anteriores… y eso que él tiene exactamente lo mismo que yo. Bueno, en realidad, tiene más…

—¿Qué se supone que hagamos? ¿Esperarlo?

—Va a tener que volver en algún momento —afirmó la joven encogiéndose de hombros—. Por lo pronto, yo necesito bajar mi nivel de adrenalina… y no es comida lo que necesito.

Por un instante se quedó viéndolo a los ojos, aguardando su reacción. Inspiró con profundidad y exhaló con marcada lentitud por la boca semiabierta.

—No entiendo…

—¿No entendés o no querés entender? ¿O no te interesa?

Franco echó la cabeza hacia atrás y se recostó sobre el respaldo de la silla, intentado verse relajado. Devolvió la mirada buscando decodificar con eficacia si los gestos mínimos e involuntarios de Alex también confirmaban lo que había entendido. ¿Acaso ella…? Metió la mano en el bolsillo, sacó dinero y dejó algunos billetes sobre la mesa. Se puso de pie sin dejar de observar cómo reaccionaba la joven. Cuando ella se mordisqueó la uña del dedo índice, no tuvo más dudas.

Alex se levantó también y rodeó la mesa pasando muy cerca de él. Se dejó rozar apenas: no deseaba moverse y espantarla aunque ella hubiera tomado la iniciativa. En verdad, no estaba muy seguro de cómo debía proceder. La vio llegar a la puerta de calle sin moverse casi.

—¿Y?

La habitación olía a naturaleza dulce. No era algo que hubiera esperado de una mujer así… tal vez sí la invitación. Permaneció de pie expectante, aguardando que siguiera ella con la iniciativa. Le permitió juguetear con sus hombros, su espalda; acariciarle la barbilla. La vio quitarse el abrigo e invitarlo a seguirla hasta la cama.

—¿Segura?

—Me gustás, pero es solo sexo.

—El sexo nunca es solo sexo, Alex.

—Segura —susurró y comenzó por besarlo con profundo deleite, saboreando el momento presente y nada más... ni nada menos.

Solo después de algunos segundos prudentes, Franco devolvió el beso. Con cierta timidez al principio, pero con creciente vehemencia después. Jugó en su mente intentando adivinar con qué tipo de amante se encontraría en esa ocasión. No necesitó de mucho más para tomar la iniciativa. La sujetó con cuidado por la espalda con una mano que fue bajando con delicadeza hasta detenerse algo más abajo de la cintura. Reservó la otra para acariciar el rostro de la mujer que lo acompañaba, como si quisiera reconocerla al igual que lo hace un invidente... solo que el hecho de tocarla empezaba a producirle el inicio de una sensación orgásmica en la que no deseaba dejarse perder por el momento.

Se apartó sin separarse del todo, solo para tomar un poco de aliento, respirando todavía sobre su boca húmeda y anhelante. Llevó la mano hacia el cuello: y continuó bajándola por el pecho hasta detenerse en el seno que lo aguardaba anhelante. Pero deseaba más: quería la piel desnuda en sus dedos y fue por ella... no solo en las yemas de los dedos sino también en su boca. Pronto pudo sentir cada poro erizándose con su solo contacto hasta hacerla estremecer. Gimió. Ambos gimieron.

—No esperes más...

Contuvo el aliento cuando la vio terminar de desnudarse para él. Exhaló cuando le desprendió el cinturón. Se dejó llevar por el momento, todavía pensando aunque deseaba dejarlo todo de lado y disfrutar de la situación que, aunque imprevista comenzaba a resultarle más que agradable.

Permitió que la calidez de la piel tersa de Alex llenara sus sentidos hasta el punto de la locura, hasta que la respiración se le hizo incontrolable y sus músculos actuaron sin que pudiera dominarlos. Recorría una y otra vez no solo cada curva sino también cada rincón que pudo considerar inexplorado, deleitándose en el calor de una piel que comenzaba a sudar de placer y se contoneaba según sus propios deseos.

Cuando recobró el control, estaba tendido en la cama mirando el techo y Alex se acomodaba para luego iniciar un sensual vaivén sobre él. Por un instante creyó que los minutos se derretirían con el calor de su piel rozando la de ella. La visión de los relojes de Dalí escurriéndose por las paredes lo distrajo lo suficiente como para tomar un poco de aire necesario, revivificador. Pronto ella le pareció indomable y el éxtasis fue dando espacio a la agonía del clímax esperado. No pudo contenerse. Tampoco pudo evitar la somnolencia. Se durmió abrazando una cintura que tal vez no volvería a ser suya.

En la oscuridad casi plena, el aire olía corrompido y pesado en un extraño ensamble de moho, encierro y humo viejo de cigarros baratos. No era lo que esperaba. Apenas si podía distinguir algo con la escasa luz que se colaba por las hendijas de la persiana sin terminar de bajar. Parpadeó un par de veces deseando que sus ojos se acostumbraran pronto a la penumbra. Buscó algo más: a Alex acostada junto a él. Pero no, no estaba allí. De algún modo que, al final, le pareció obvio, se había ido dejándolo solo en… ¿En su propia habitación? Se sentó movido por un instinto casi de supervivencia. Se palpó el cuerpo para comprobar lo que había intuido: llevaba puesto el pantalón del piyama.

Se sentó gruñendo. No le molestaba estar solo en su habitación, le sacaba de quicio no saber cómo había llegado ahí. No podía recordar nada. ¿Por qué? Buena pregunta.

—Franco… ¡Franco! ¿Estás ahí? Abrime…

Esa no era Alex…

—Franco… Fran…

Un estruendo seco hizo que saltara de la cama y fuera a abrir la puerta.

—¡Didier!

Nada le hubiera causado una impresión mayor que encontrar al periodista al borde del desmayo y ensangrentado a la entrada de su habitación. Tardó en reaccionar algunos segundos que le parecieron eternos: estaba aturdido y con poca capacidad para pensar. Intentó ayudarlo a incorporarse, pero fue inútil: Didier no reaccionaba casi y necesitó cargarlo hasta recostarlo en la cama a duras penas.

—Necesitás un médico, ahí llamo.

—¡No! Pará… no le avises a nadie. No es tan grave. Bueno, sí… que no estoy tan mal… Con acento en «tan». Me duele como la puta madre el golpe, pero no es tanto como parece. Traeme hielo y buscala a Alex: que no ande sola.

—No entiendo.

—Franco, no me asaltaron: fue un apriete.

En el preciso instante en que se quedó solo, el corazón le dio un vuelco. No era miedo, aunque hubiera sido lo lógico, algo más que esperado incluso por él mismo. Más que nada, tuvo la impresión de que todo había cambiado y de que no había vuelta atrás. Se levantó como pudo y se dirigió al lavabo con la intención de asearse un poco. No se sorprendió cuando el espejo le devolvió una imagen deplorable.

—Te odio —le dijo al tipo que lo miraba con el rostro ensangrentado y un moretón que comenzaba a ganarle el ojo izquierdo. No, no era tan serio… más bien había sido el susto, una situación del todo imprevista. El agua fresca sobre la cara descubrió un pequeño corte en la ceja. Presionó con determinación buscando detener el sangrado tan molesto. No le dolía: tenía bronca y se sentía estúpido, eso sí. Era idiota no haber previsto que, luego de semejante exposición, podía venir alguna represalia. «*Mérde!*», pensó, «Pudo haber sido bastante peor». Sintió que se le aflojaban las piernas. ¿Dónde estaban los otros? Se refrescó un poco más antes de comenzar a pasearse nervioso por la habitación. Pronto cada ruido fue una pequeña tortura.

—*Mon Dieu! Je les tue!* —gritó sobresaltado llevándose las manos al pecho—. Casi me matan del susto.

—Didier… Dejá eso, por favor.

—¿Que deje qué, Alex?

—El jarrón… ¿Podés dejar el jarrón en la mesita?

Nunca se había percatado de nada: no hubiera podido. Se encontraba demasiado metido en revivir los detalles de lo que necesariamente había sido un atentado contra su vida. Puesta esa palabra en su mente, consideró que era necesario aterrarse hasta el punto tal de que su inconsciente fuera capaz de tomar el control de cada uno de los músculos de su cuerpo. Regresar a la normalidad supuso un esfuerzo más allá de los límites que hubiera vislumbrado nunca. Lo siguiente, fue un insondable sentimiento de odio profundo y oscuro, violento, cargado del tipo de pensamientos que no quería volver a repetir nunca más en su vida. No le dolía tanto el corte en la ceja ni los golpes que ya no sabía ni dónde estaban, sino descubrir la capacidad de morbo y veneno que podía destilar. Eso lo asustó, pero de sí mismo. ¿Era un monstruo por pensar y sentir así? Tal vez, tal vez era uno que debía mantener escondido todo el tiempo posible como el peligroso alter ego del Dr. Jekyll. Dejó el jarrón y pidió disculpas... hasta ahí. No había sentido la necesidad de hacerlo, solo de cumplir con lo que por lógica pretendían los demás.

Tampoco se había dado cuenta de cuándo había comenzado a contarles lo sucedido con tal lujo de detalles. Raro. Se sentía raro que las palabras salieran de su boca a borbotones, como si tuvieran vida propia. Les dijo de la extraña sensación previa, de la ceguera que le causara el golpe brusco e imprevisto en la sien, del puñetazo en la cara, del hombre vestido con ropas demasiado comunes con un pasamontaña cubriéndole hasta los ojos, de su contextura demasiado normal, demasiado estándar como para poder fijarse en algún detalle distintivo. Les dijo que no le dijo nada... el hombre, no le dijo nada... nada... no sabía por qué, pero era lo más extraño. Nada.

—No dijo nada. Creo que no quería que le reconociera la voz...

—A lo mejor estuvo en la escena del crimen.

—Hubo mucha gente dando vueltas hoy, Alex. También por acá, en la calle, incluso a varias cuadras a la redonda.

—Supongo que en parte es tu culpa, Franco, que todos se fijaran en mí hoy...

Hubo silencio. Un silencio incómodo y vehemente; capaz de ser por sí mismo juez, jurado y verdugo... y abogado del diablo.

—...pero entiendo que esto tenía que pasar antes o después, con o sin vos. Quiere decir que el asesino cree que nos acercamos. Lo que es una porquería, porque no tenemos ni idea: ni de quién es ni de nada.

—O no tanto, chicos. —Alex esbozaba una sonrisa triunfal—. Podemos sacar provecho: se tuvo que acercar mucho para golpearte y, aunque no le hayas visto la cara, seguro mostró alguna debilidad en su preciado anonimato.

—¿Ah, sí? ¿Y cómo vas a hacer que me acuerde? Estaba demasiado concentrado en buscar la manera de salir corriendo de ahí antes de que me siguiera pegando el hijo de puta.

Franco cerró los ojos, pensativo; alzó las cejas y se encogió de hombros.

—Se puede hacer… Sé cómo: solo hay que encontrar algo así como un «interruptor» para tu memoria. Tía Alba me enseñó…

—¡Alba!

Si al fin y al cabo era ella la culpable de todos y cada uno de sus males presentes, no Franco. Tal cual. Si fuera capaz de concentrarse un solo momento para hacer un mínimo repaso de su vida, seguramente la encontraría signada por la locura esotérica de Alba… desde los acontecimientos de Francia hasta ese en particular.

—No quiero nada de ella…

—¿Ni siquiera si es lo primero y único claro en todo este asunto? Esto no es como en las películas… en la vida real, no siempre se resuelven los crímenes.

Touché! Más certero, imposible. No había nada por rebatir en ese argumento, ni siquiera el temblor que habiendo nacido en sus manos amenazaba con sacudirle todo el cuerpo. Parecía un cobarde y no era así; nunca lo había sido. Entonces… ¿Por qué las fobias, los caprichos infantiles? Porque sí, porque eran una muralla extraordinaria y todos lo dejaban en paz. *À bientôt, antique Didier!*

—Ok. Se hace ya o no se hace. Si esperás seguro que me arrepiento…

Franco colocó una silla en el centro de la habitación y, con ayuda de Didier, movieron la cama contra una de las paredes para dejar más espacio disponible para moverse con comodidad. A sus espaldas, el joven rozó el brazo de Alex sonriendo.

—¿De qué me perdí?

No fue lo que esperaba; no, en absoluto. Ya le había dicho ella que no tendría importancia, pero la nada misma... Lo dejó pasar: necesitaba concentrarse y no pensar en distracciones... ni siquiera en una tan bella que... que...

—¡Ufa! —lanzó al aire—. Perdón, necesito concentrarme y no estoy pudiendo.

Pidió a Didier que se sentara y a Alex que pusiera la habitación en penumbra.

—Es importante que no nos moleste nadie, que no te distraigas con nada... Voy a vendarte los ojos para que no te veas tentado a abrirlos y ver qué pasa alrededor tuyo... Eso no es importante ahora... No importa el presente ni lo que vendrá... solo el momento pasado que buscamos.

Cerró los ojos por un minuto que pareció detenerse en la eternidad de la incertidumbre. Llenó los pulmones con el aire enviciado de la estancia y lo guardó como el más preciado de los tesoros. En su mente, no había sonidos ni interrupciones; en el exterior... no lo sabía con certeza. Dio tres vueltas en derredor de la silla imaginando que la atmósfera se transformaba en una suerte de éter brillante y todopoderoso y que respirarlo le conferiría el poder de inducir los recuerdos.

—Nada puede contaminar el aire que respiramos... Nada contamina el aire... nada. Nada contamina el aire... Nada contamina... nada... el aire... nada...

El murmullo de Franco lo llenaba todo, desde cada partícula de oxígeno que respiraban, hasta la escasa claridad que se filtraba por los cortinados, las conciencias y los espíritus de los tres... y tal vez de otros. Didier sintió un escalofrío brusco y creyó que lo compartía con Alex, aun sin verla. Unas manos se posaron desde atrás en sus hombros y entendió que el joven había comenzado a hacer... lo que fuera que iba a hacer.

—Tu conciencia es una muralla que parece infranqueable, pero no lo es. Rodea tu mente, tus recuerdos, tu percepción del mundo, tus sentimientos. Parece que te protege de tus enemigos, pero en realidad te aísla creando en vos alguien que no sos, sin libertad de mostrarte a los demás o a vos mismo.

Respiró con fuerza hasta que logró que la respiración del periodista se acompasara con la suya serena, espaciosa, decidida, consciente.

—El aire puro es un bálsamo que pocos pueden disfrutar. ¿Sentís cómo entra en tus pulmones? ¿Cómo te renueva y te nutre? —susurraba apenas—. Es increíble como algo tan simple puede darnos tanta luz en la oscuridad más persistente. Necesito que recorras conmigo tu muralla, que veas sus detalles más íntimos: cada piedra que la forma, su color, su textura... Caminemos juntos con la mano en la pared, sintiendo en las yemas de los dedos la porosidad y el frío que nos dice que está ahí y que es prepotente, señorial...

Alex carraspeó nerviosa desde el rincón en el que se encontraba, alejada por decisión propia de la locura que estaba presenciando. Estaba pálida, a punto de revivir cada instante transcurrido en casa de Alba. Un horror. Tuvo ganas de salir corriendo, pero se contuvo esperando satisfacer su curiosidad siempre presente.

—¿De qué color es la pared? ¿Qué tamaño tiene?

—Gris... ¡No! Beige... No veo hasta dónde de alto... y es muy larga como para ver dónde termina... —Hizo una pausa en la que Franco notó un incipiente descontrol—. No me gusta. Me quiero ir... ¡Sacame de acá!

—Corré hacia la puerta...

—¡No hay puerta! ¡Dios! Está lleno de sangre...

—¿Qué es lo que tiene sangre, Didier?

—El suelo que piso.

—Entonces, tenemos que entrar.

Cerró los ojos y se concentró en el fluir de su respiración. Dejó que el aire puro entrara con su carga de renuevos pujantes y lo sostuvo para que su propia sangre absorbiera la tan necesaria serenidad. Exhaló con marcada lentitud, sintiendo el desplazamiento húmedo de cada átomo. Cuando abrió los párpados sus pupilas se tornaron tan dilatadas que pronto devoraron sus iris, llenando de negrura lo que antes había sido del cautivante marrón de la madera húmeda de otoño. Se concentró en la respiración de Didier.

—¡Corré! ¡Salgamos de acá, entonces! Llevame urgente hasta la puerta. Si no entramos, estamos fritos... ¿Entendés? Decime si entendiste.

—Sí, sí... Por allá, es por allá...

Esbozó una leve sonrisa, una que nadie hubiera podido percibir. Sujetó con fuerza los hombros del periodista y se dispuso a acompasar su mente con la de él. Necesitaba saber si podía hacerlo y se abocó a ello con todas sus fuerzas, hasta que en el límite de sí mismo vio... desde otros ojos.

—¿Es esa? ¿Es esa la puerta?

—Tenés que abrirla. Eso... ¿Qué ves dentro?

—Una ciudad... pero no estás conmigo.

—¿No? Entonces, ¿con quién estás? ¿Quién te vigila?

—No veo...

—Pero sabés que está... contame... contame...

La ausencia de palabras lo intranquilizó. ¿Estaría haciendo lo correcto? Llevó las manos de los hombros hacia las sienes, aunque sin tocarlas. Tal vez Alex alucinó, tal vez fue un sinsentido ajeno a sí misma... pero ver cómo entre Franco y Didier comenzaba a generarse un halo blanquecino que, al difuminarse, iba inundando la atmósfera y los corazones de un extraño ardor. El instinto le dijo que debía pegar la espalda a la pared si no tenía la posibilidad de huir de allí.

—Está el tipo: sí puedo sentirlo... pero ahora, antes no me di cuenta.

—¿Cómo es?

—Común y corriente...

—Tiene que haber algo más... Miralo con otros ojos, como si no fueras vos.

¿Disociarse? ¿Sería capaz de dejarse llevar más allá del límite que la realidad le imponía? A Didier ya comenzaba a dejar de importarle la locura salida de los labios de Alba o la vehemencia de la actitud de su sobrino. Era como regresar a la inocencia de la primera infancia, a creer en la magia y en la pureza de los elementos que lo rodeaban. No le importó tampoco que se hubiera sentido ridículo sentado allí en medio de la habitación y con los ojos vendados, con Franco moviendo su sugestión, con Alex en aquél rincón, la penumbra rojiza del crepúsculo… ¿Cómo lo sabía? ¿Qué…? «¡Sí!», gritó el hombre de sus recuerdos que era él mismo y otro a la vez. Extraño modo de percibir el mundo: estaba dentro, fuera, sobre y bajo la realidad.

—En la mano derecha creo que tiene el mismo símbolo que vimos grabado en las víctimas. Chicos: el asesino nos conoce.

10
Alianzas

A las cinco en punto de la tarde el conserje llamó anunciando que el subcomisario Hernández había llegado y los esperaba en el *lobby* del hotel. Los golpes en el cuerpo y el corte de la cara le dolían como mil demonios martillándole la cabeza y no podía dejar de pensar en el símbolo perverso que le llenaba cada segundo de conciencia. Y estaba muy consciente de eso, más que nada después de que Franco se metiera en su cabeza. ¿Seguiría ahí? ¿Se iría del todo alguna vez? Suspiró con interminable lentitud.

Se saludaron con cierta sequedad en los modales: con sinceridad, lo esperaba. También que todo cambiara en cuanto pusiera sobre la mesa la pila de carpetas con todos los casos. Le molestaba la cabeza y se sentía algo desorientado: todavía no terminaba de entender qué había pasado y encontraba que su mente parecía más un flan a medio cuajar que un cerebro hecho y derecho.

Sin decir nada, Didier deslizó la pila de archivos sobre la mesa hasta que quedó del lado del otro, que lo miraba con cierta incredulidad. Lo observó con detenimiento: la mandíbula apretada, la palidez creciente, un sudor que comenzaba a asomarse por las sienes y daba en caer por las patillas recortadas con asombrosa prolijidad. Conocía de memoria esos síntomas: sin duda alguna, era espanto, pero un tipo de espanto mezclado con asco, furia e impotencia. Un extraño arranque de paciencia le permitió no apresurarlo, dándole tiempo de adentrarse en sí mismo. Lo necesitaba, estaba desesperado por un rato a solas aunque sabía que sería bastante difícil. Unos breves segundos bien aprovechados deberían ser suficientes por el momento. Los últimos días habían sido vertiginosos, signados por un descontrol que lo volvía loco, y lo que acababa de ocurrir no mejoraba ni los acontecimientos ni su estado de ánimo. Le costaba entender cómo había pasado de horrorizarse ante la sola visión de un gato muerto en la calle a revisar cada detalle de las víctimas (la última in situ) de un asesino en serie morboso y encarnizado. Se encogió de hombros casi sin moverse, evitando que el hombre notara su marcada incertidumbre. Ya había sido suficiente con tener que explicarle qué era lo que le había pasado. Le dolían los golpes en las costillas. Ahora era capaz de recordar el palazo en la cara que le había partido la ceja y dejado tambaleando en medio de la calle; también los otros golpes propinados en un silencio necesario y elocuente, en una calle donde la soledad reinante indicaba también el desazón de la gente de la ciudad. Suspiró. Estaba cansado. Se estremeció por enésima vez: una cosa era ayudarlo a recordar, otra muy diferente lo que había hecho Franco metiéndose por los rincones de su mente y su memoria, observando sus vivencias, sus temores, como si realmente hubiera estado allí. Tan fuerte era esa sensación que se descubrió insultándolo por no haber salido en su ayuda: toda una locura.

—¿Se puede saber por qué no denunció esto antes? —lo interrumpió Hernández.

—Lo hice, en su momento, y me mandaron a freír churros.

—No entiendo...

—Yo sí. Muchos suelen ser reticentes a aceptar la realidad de estos enfermos y, para mal o para bien, piden pruebas reales y concretas. Yo recién ahora las tengo como corresponde y estoy en condiciones de volver a plantar una denuncia con la fuerza necesaria. Otra teoría se basa en el miedo, el terror pánico que puede causar saber la sola existencia de alguien como este tipo, capaz de semejantes horrores... de alguna manera, si se lo ignora, no existe.

—Hay algo más simple: los juzgados están tan sobrecargados que la reticencia es más hacia el trabajo extra en sí que otra cosa. Mire, Rona...

—Donarrumma. Didier, si quiere.

—Perdón. Mire, Didier. Debe saber algo más: yo conocía a la víctima de hoy: era mi vecino. Vivía en frente de mi casa y nunca, pero nunca, se metió con nadie. Su vida: hombre de familia, amigos… un ciudadano ejemplar.

—Entonces, va a ayudarnos…

No fue una pregunta, nunca tuvo la intención de serlo. Estaba convencido de la necesidad de un hombre de acción con ellos, alguien que los respaldara y que fuera funcional a una causa común.

—Por supuesto. Creo que si no entregamos un caso bien armado, volverá el asunto a la nada misma. Seguirán investigando cada homicidio por separado… es el karma de nuestro sistema.

—Una porquería…

—Sí. Una verdadera porquería. Esto no es Hollywood: acá no hay detectives especialistas en criminalística que se dediquen a investigar de manera eficiente. Muchas veces los fiscales no saben qué hacer ni cómo… Y, además, ¿quién quiere hablar de una serie de muertos con semejantes lesiones en los genitales?

Dio una palmada en la mesa con la suficiente fuerza como para que todos se dieran vuelta para ver qué estaba ocurriendo. Sin embargo, nadie se movió de su lugar a excepción de un par de turistas que no supieron qué pensar. Los malargüinos conocían de sobra su carácter explosivo. Se levantó y agregó:

—Necesito volver ya mismo… Con este lío deben estar desesperados buscándome: no he respondido a ningún mensaje desde hace más de media hora. ¿Cenamos? Digo, con sus socios. Cuenten conmigo… pero no, repito, *no* hagan nada más por hoy, ni siquiera salgan a comprar caramelos.

Saludó con un leve movimiento de cabeza y se fue. Iba a paso cansino, hastiado, y pensó en dirigirse a su casa primero y darse una buena ducha. Frunció el entrecejo cuando percibió que el ambiente no estaba del todo bien. Lo seguían. Hacía tiempo que había aprendido cómo darse cuenta y de inmediato actuó en consecuencia: disminuyó el paso, se detuvo a conversar con algún extraño, entró a un bar por una pinta de *stout* y algún tentempié ligero. Aun así, se sintió inseguro cuando regresó a la calle. Le temblaban las manos. Con vergüenza, se dio cuenta de que estaba demasiado aterrado como para ejercer control sobre su cuerpo durante más tiempo del estrictamente necesario para llegar a destino. «¡Caramba!», pensó. «Pero, ¡si soy el subcomisario!». Avergonzado, endureció el gesto y siguió caminando mientras pensaba sobre por qué no había ido en auto… por solo quince cuadras… «¡Ni ahí!». Echó los hombros hacia atrás y anduvo con paso altanero moviéndose entre la gente que comenzaba a pulular junto a la comisaría (¿Por qué estaba ahí si iba a pasar primero por su casa para buscar algunos documentos que necesitaba?) habiéndose desplazado desde el Cuartel de Bomberos, algunos metros más allá, siempre por Fray Inalicán Oeste. El asunto no iba a mejorar y no era para menos: seguramente se había filtrado la información y los vecinos querían saber qué demonios había pasado «*ahicito nomás*: esa vez posta, posta, a tan solo media legua». Sí, hablaba solo. Sabía que se trataba de una tara, pero también era consciente de que no era del todo malo: a veces oír su propia voz le permitía ver sus pensamientos como si fuera otro, un espectador privilegiado de la vida de alguien más, pero de él mismo.

Observó la pequeña multitud en ciernes sin mucho detenimiento, pero con la suficiente profundidad como para descubrir que comenzaba a temerles a sus propios vecinos: un disparate; un tremendo, asqueroso y total disparate. El asunto terminó, por ridículo, causándole gracia.

—'Ta madre —balbuceó, y pasó entre la gente empujando lo menos posible, aunque sin pedir permiso: no lo necesitaba. Se frenó en seco y, serenándose, levantó la voz para que todos lo oyeran —. Esto es así: o se van o comienzo a meter gente p'adentro por no dejarnos trabajar. No hay nada que decir porque no sabemos nada todavía y no lo vamos a saber si molestan por acá. Así que… ¡A moverse! ¡Vamos! ¡A sus casas!

Era bueno vivir en una ciudad pequeña con conciencia de pueblo… y era mejor todavía que no estuvieran en temporada alta: con la nieve a medio derretirse nadie quería andar por ahí, entre el deshielo. Para el turismo del verano, todavía faltaba bastante. Mejor así, sí… mejor así: no era cuestión de andar espantando gente. Entró de mala gana, sin saludar, y se metió en su oficina cerrando la puerta tras sí. Le causaba un dejo de placer enfermizo estar de mal humor: nadie lo molestaba, nadie lo contradecía, nadie lo llamaba si no era por alguna urgencia de esas imposibles de resolver. Sí. Adoraba estar de mal humor. Se permitió no hacer nada por algunos minutos revivificadores. Si en ese momento todo era un caos, pronto se pondría peor. Casi tenía ganas de armar un buen berrinche.

Escuchó unos golpecitos en la puerta, el picaporte accionándose y las bisagras que abrían la puerta con lentitud. Sabía, sin mirar, que el nuevo agente se asomaba con extremo sigilo: buscaba tantear el ambiente que rodeaba a Hernández, leerlo… como si eso fuera posible.

—Sub… —Se animó la voz.

—¡¿Qué?!

—Necesito comunicarle dos cosas…

—¿Dos?

—Llegó la señorita Becerra…

—¿Quién?

—Carla Becerra, del Diario…

—¡Mierda! Lo que me faltaba. Que se vaya.

—Sub: dijo que no se va a ir sin hablar con usted…

—Mirá, mocoso —estalló. Ahí tenía su berrinche—: o se va ella o te vas vos. —Se divirtió en silencio con la palidez mortal del joven agente, que dio un paso hacia atrás e intentó huir de allí—. ¡Ni se te ocurra irte! ¿La segunda?

—El… el… el fiscal, señor…

—¿Qué pasa con Albornoz?

—Em… el fiscal… em…

—¿La cortás?

—Se declaró incompetente, señor… Eso, incompetente…

—La puta madre… ¡Qué pedazo de hijo de puta! —rugió—. ¡Rajá o me la agarro con vos! —agregó y sin esperar que el otro cerrara del todo la puerta tras sí, arrojó hacia él una libreta que estaba sobre el escritorio—. Lo único que faltaba… lo único que faltaba —comenzó a repetir bajando la voz, aunque no lo suficiente como para que el pobre Fernández no lo oyera desde la otra habitación. Sin duda alguna, lo que quedaba de la tarde iba a ser una de las peores torturas del Averno.

*　*　*

—Tiene que haber alguna relación.

—No hay.

—Digo, entre la distancia o el período de tiempo… no sé, algo.

—Que no…

—¿Ya probaron marcando un mapa en orden? Capaz que dibuja algo que nos interese.

—Es lo primero que hice. —¿En serio tenía que soportar a un principiante así?— Solo me queda rastrear el símbolo y esperar que proporcione algo más concreto.

Aguardó unos instantes en silencio, pensando en si no había sido demasiado ácido en el tono. Resolvió que no.

—Todavía no sé nada de tía Alba.

—¿Y de Alex?

—¿Alex?

—Sí, Alex… Peticita, irritante… —Algo no estaba bien—. ¿Franco? ¡Franco!

—¿Por qué me preguntás por Alex?

—¿Y a quién querés que le pregunte?

Estúpido, muy estúpido… Pero no podía dejar de pensar en ella y había percibido como en un flash… que Didier sabía *eso*… «Seguro *lo* sabe». «Y qué». «Y nada». ¿Acababa de tener un diálogo mental consigo mismo? Sí. Y sabía que eso no podía ser bueno. Conocía bien las consecuencias y no le gustaba la idea de repetir semejante experiencia. De haberse sentido más libre, hubiera comenzado a temblar; pero nunca se lo permitiría frente a Didier. Podía notar como su sola presencia lo amedrentaba de tal manera que casi se congelaba ante él, excepto para seguir las instrucciones de tía Alba. Culpa de ella, en parte: tanto le había hablado de sus hazañas, que ahora lo tenía casi en un pedestal absurdo. Parte culpa suya, por cierto. ¿Quién le había mandado a meterse en su cabeza? Había más ahí de lo que el periodista se daba a admitir: secretos a los que no había podido ni deseado acceder. «Todos tenemos secretos». Pero, de todos modos, era cierto. ¿Dónde estaba Alex? ¿Acaso no entendía que…?

—¡Perdón, chicos! ¡Perdón! Se me fue la hora. ¡No lo puedo creer! Me puse a terminar una nota en la que estuve trabajando toda la tarde… Después pasó lo tuyo, Didier, y me costó horrores reconectar… ¡Em! Prometo que no tiene nada que ver con lo que hacemos acá: no busco la primicia, en serio…

La voz de la joven lo sobresaltó, sacándolo por fin del brete mental en el que se estaba metiendo. Suspiró aliviado. Hasta que se encontró pensando qué estaba queriendo decir ella: «¿Cómo toda la tarde? Ya… Seguir el juego».

—¿Te pasaste toda la tarde escribiendo?

Seguir el juego, seguir el juego… Se llevó la mano al pecho y casi saltó de la silla cuando Didier exclamó: *«Merde!»*.

—¿Qué pasó?

—Que me olvidé mi cuaderno de notas arriba. Ya vuelvo.

¿Tan perdido en sus propios pensamientos estaba? Sí, claro… como siempre. Y, de seguro, estaban a un nivel bastante más profundo de lo que era capaz de confrontar. Solo no entendía cómo no lo había visto venir, todavía podía sentir la conexión qué había logrado establecer con tanto esfuerzo. Miró los ojos de Alex: Incluso con los párpados hacia abajo y era capaz dejarse llevar por sus pupilas grises de un amarronado profundo.

—Fue buena esa — le dijo al fin.

—¿Qué cosa?

—Tu excusa, la de decir que estuviste trabajando toda la tarde.

—No fue una excusa.

—No hace falta que sigas hablando en clave: Didier no está.

—No entiendo de qué me hablás, Franco.

—Sé que me dijiste que para vos el sexo es solo sexo… Pero, ¡no me ignores!

La joven lo miró con los ojos desorbitados.

—¿Estás loco? ¿Qué te fumaste? ¿Cómo me decís una cosa así? — estalló.

Por completo estupefacto, Franco fue testigo de cómo las lágrimas que habían comenzado a brotar fruto del asombro y la vergüenza, iban desbordando de sus ojos para rodar por las mejillas enrojecidas, ahora, de furia.

—¡Sos un animal!

Alcanzó a escuchar Didier poco antes de que Alex pasara junto a él casi atropellándolo en su huida.

—¡Franco! ¿Se puede saber qué pasó acá?

—Nada…

—¿Cómo que nada?

—Nada… Que es rara y no la entiendo.

—¡Franco! ¿Qué mierda le hiciste?

—Ya te dije: nada… Y parece que menos de lo que pensaba.

Didier se quedó atónito. ¿Acaso Franco hablaba de…? Sí, hablaba «de». Se sentó dejándose caer en la silla con un cansancio bastante extremo. ¿Qué había pasado exactamente? Se encontró con una respuesta simple: no tenía ni idea de con quiénes estaba trabajando. Asumía toda la culpa… No, la culpa no: la responsabilidad o algo así. Se había quedado sin palabras para describir su nivel de imbecilidad. Había estado tan enceguecido con su trabajo que nunca se detuvo a reparar en nada más, ni siquiera en corroborar las credenciales de sus acompañantes. Un desastre. Una estupidez de dimensiones cósmicas. Por un momento se le heló la sangre. ¿Y si alguno de ellos estuviera involucrado en…? No. El tipo que lo atacó era bastante más pequeño que Franco y sí, en definitiva, era hombre… así que Alex estaba descartada. ¿Y Hernández? No, muy ancho de espaldas. Suspiró exhalando largo y pausado, con alivio. En definitiva, le volvió el alma al cuerpo; pero, entonces, ¿quién los seguía? ¿O había sido algo del momento? Volvió a observar a Franco.

—¿Me hacés el favor…?

—No. Un caballero…

—La puta madre… ¿Cómo podés ser tan pelotudo? ¿No sabés que…?

—Fue ella.

—Creo que no te entiendo…

—Alex. Quería sexo casual y…

—…y no la pudiste dejar adentro del pantalón. Ahora, la mina está ofendida.

—Sí. Pero no por eso: dice que no pasó.

—Me perdí.

—Dice que no pasó lo que pasó —dijo sin saber muy bien por qué le contaba a Didier sus intimidades más… «¡Dios! ¡Alba!

Eso me pasa por meterme en su cabeza»—. Como si yo lo hubiera inventado todo. ¿Vos tenés idea de por qué?

Iba a contestarle que no tenía ni la más pálida idea, pero de un modo más grosero, eso sí. Que el subcomisario Hernández entrara por la puerta de calle y se acercara a la mesa en la que habían estado trabajando, puso una necesaria cuota de equilibrio en el ambiente.

—Mirá, Franco: necesito que seas lo más profesional que puedas.

—No soy periodista, acordate.

—¿Entonces?

—¡Me mandó tía Alba!

Didier cerró los ojos, fastidioso por la situación.

—No sé cómo, ni me interesa, pero te conviene conseguir que Alex vuelva con el mejor de los ánimos: llegó el sub y hay que trabajar.

11
¡Vivo!
Segundo interludio

Venas de río, frescura y simiente.
Tierra sin huella, moldeable y serena.
Mar sin nombre, pasional y doliente.
Estrella lejana, esperanza y mirada
Que todo lo puede.
Hermosa…
Mi pecho te espera,
No esperes, no demores.
Blanca… esbelta, nacarada.
Mis ojos no pueden
Escapar al embrujo
Que yo mismo he creado.
Hermosa…
Te has movido
Y contigo ya no sueño:
Ahora yazgo.
¡Que tus brazos me envuelvan,
En este reposo
Que el tiempo y los trabajos
Me han merecido!
Un beso me sana,
Una caricia… una caricia…
Por ella vivo.

En la oscuridad casi absoluta, rota por un destello entre ambarino y nacarado, sin que le importara nada, sin que pudiera reconocerse, sin que deseara hacerlo… la estatua abrió los ojos.

12
Alecto, Megera, Tisífone

Cuando despertó, estaba sola. No con la soledad propia de con quien nadie vive, sino con una soledad cósmica. No podía moverse, no sabía quién era. No percibía nada a su alrededor. Le dolía la cabeza y no podía articular palabra alguna, aunque no recordara en ese instante cuál era su idioma materno. Cada músculo de su cuerpo parecía tallado en piedra. Sin embargo, poco a poco fue cobrando conciencia de su propia identidad. No tenía miedo, pero tampoco estaba ajena a un temor incipiente. Cada resquicio, cada poro de su piel le decía que no debía intentar moverse. Solo podía pestañear y, en sus cuencas, los ojos comenzaron a desentumecerse. Sí podía respirar y, pronto, tragar saliva. Apenas fue capaz de reconocer el mundo que la rodeaba, sintió cierto alivio… pero no demasiado: era tan ajeno, tan de alguien más…

* * *

Si las armas le causaban pavor, ¿por qué le había preguntado si llevaba una? Ahora iba a tener que soportar su propia estupidez y la horripilante sensación de que todos lo observaban con mirada condescendiente. Intentó enfocarse en lo que Hernández estaba diciendo, pero nada: era imposible. Para peor, Álex seguirá mirándolo como quien observa a un pervertido, y nada más lejos. Eso sí, Didier tenía razón en algo: debía haberse quedado en su lugar, sin reacción, mudo e inmóvil. ¿Y si eso la hubiera puesto peor? Como un desplante o un rechazo antinatural. Debió decirle que era gay, aunque habría sido descubierto en su mentira con bastante facilidad. No terminaba de entender a las mujeres… Después de todo, sus señales habían sido más que claras... Y lo que pasó, también. Porque sí, porque había pasado y...

Se sobresaltó cuando el teléfono celular comenzó a vibrar dentro de su bolsillo. Metió la mano, rebuscando, y lo colocó sobre la mesa: buena excusa para dejar de escuchar por un rato; después de todo, no había nada nuevo para decir y solo se estaban poniendo al día. Al segundo, se puso lívido. Los mensajes no dejaban de llegar y, por un momento, creyó que había perdido la capacidad de comprenderlos. Se puso de pie, blanco como un muerto.

—¿Todo bien?

—No... Es tía Alba... Ella... La... La encontró ayer una vecina.

—*Mon dieu!* ¿Qué estás diciendo?

—Está bien... Didier, ahora está bien. Pero la encontraron desmayada en su departamento y estuvo internada hasta hace algunas horas. No me quiso avisar antes para no preocuparme.

—Lo bien que hizo.

—¡Alex!

—Las mujeres somos así.

Didier la miró de arriba hacia abajo y de vuelta a los ojos. No, tampoco él la entendía.

Se produjo un silencio incómodo, durante el cual nadie atinó a levantar la vista para mirar a otros. Extraño e inverosímil grupo de trabajo: todos juntos, revueltos pero, a la vez, en solitario... ajenos, despedazados, regresando de sus propias cenizas.

—Quedate tranquilo: en algunas horas más ya salimos para Buenos Aires —declaró Didier, con contagiosa serenidad—. Va a estar bien, no te preocupes. Alba siempre está bien.

—¿Buenos Aires? —preguntó el policía—. Yo sé que un familiar es importante, pero...

—Alba no es solo la tía excéntrica de Franco —aseguró Didier.

¿Cómo le explicaba que el asunto estaba tan extremadamente jodido que había decidido involucrar a una suerte de tarotista-médium-bruja-y-demás para que les diera una mano? Sin embargo, peor fue que Franco, al anunciar que tenía un nuevo sobre, encontrara también pasajes para el subcomisario.

* * *

La conmoción que le causaba la oscuridad era demasiado fuerte, tanto que creyó que podía cometer las atrocidades que ningún ser humano hubiera podido idear nunca en todos los milenios de su historia sobre la Tierra. Intentó abrir los ojos, pero el solo esfuerzo supuso exacerbar cada idea macabra que pasaba por su cabeza.

No podía entender lo que le estaba ocurriendo, pero tampoco tenía la voluntad o el deseo de acabar con ello: no tener que forzar el control sobre sí mismo era lo suficientemente placentero como para no querer salir de esa preciosa zona de confort.

Parpadeó sin que le resultara extraño no ver ningún tipo de luz al abrir los ojos pese a no ser de noche. ¿O lo era? ¿Desde cuándo el alma le pesaba tanto? Se llevó las manos al pecho. Sí, latía. Estaba vivo aunque sin ser capaz de regresar a la luz o de entender a qué jugaba Alex. Apenas fue capaz de ser consciente de su entorno, se levantó de la butaca y se dirigió hacia donde la joven observaba por la ventanilla del avión. No había nadie junto a ella: hizo una seña que quiso pedir permiso y se sentó sin esperar respuesta: el viaje sería demasiado corto.

—Alex: hay algo que…

—Estás oficialmente perdonado.

—¿Perdón?

—Sé muy bien que a los hombres les cuesta bastante admitir que se equivocaron —afirmó con una demasiado provocativa coloración en la voz, que sabía más a sorna que a conciliación.

—Didier está dormido y roncando como un escuerzo: podés admitirlo, no pasa nada.

—No sé qué pensás que pasó… pero no pasó. Y, como sea, me estás incomodando.

El aviso de regresar a sus asientos cortó como una cuchilla afiladísima la atmósfera de odiosa tensión que se había comenzado a generar entre ambos. No le gustaban los aviones, y esa espantosa sensación de desastre inminente que le causaba siempre el momento previo al aterrizaje no hacía más que llevar sus sentimientos a un extremo cuasi ingobernable. También las sensaciones... y no podía dejar de percibir las peculiaridades de la piel de Alex en la suya propia, su aliento, su calor suave, sus contoneos cadenciosos. Dejó de pensar cuando se descubrió con la respiración entrecortada. Algo no estaba bien... Él no lo estaba. ¿Desde cuándo había comenzado a funcionar en modo automático? Sin saber qué hacer, sin tomar sus propias decisiones y, ahora, sin haber tenido sexo habiéndolo tenido. Estaba confundido a más no poder cuando metió la mano en el bolsillo buscando la llave. ¿La llave? Sí, la llave que encajaba de manera apropiada en el ojo de la cerradura de la puerta que tenía en frente y a la cual no recordaba haber llegado. Iba a abrir, pero prefirió no hacerlo y tocó el timbre con un ritmo bastante peculiar, aunque preacordado: dos timbrazos rápidos, silencio, uno largo. Se palpó, en tanto, la chaqueta con un frenesí que solo podía reflejar su estado de incertidumbre.

—¿Qué hacés?

—Controlo no tener más sobres del que pudiera recordar.

Didier lo miró con desesperación. También los demás, pero él siempre había encontrado la manera de no creer creyendo. Observó a Hernández y lo compadeció en silencio. Después de todo, era nuevito en esas cosas... ¡La cara que había puesto cuando Franco exhibió el pasaje de avión a su nombre!

La espera se estaba tornando insoportable.

Dos timbrazos rápidos, silencio, uno largo.

Nada.

Franco metió la llave en la cerradura y abrió la puerta, dejando escapar, sin saber, una fumarola de inciensos que les dio en la cara cortándoles la respiración.

—Espíritus del tiempo y la distancia, deidades del Inframundo, deidades del Supramundo, deidades del Mundo Medio... Aliento de vida, aliento de muerte... Corazones rotos y los que no desean romperse... ¡Escuchen mi plegaria! Tiempo sin tiempo, humo y arena decidme cuál es el motivo de tanta pena.

—¿Tía Alba?

—En solitario las nubes, en solitario el sol y la luna… estrellas perdidas, estrellas caídas decidme quién…

—¡Tía Alba!

La atmósfera estaba cargada de humos y vapores, que desfiguraban cada elemento que podría haber estado en la sala. Aromas a montañas de otras infancias y esencias de fantasmagorías arcanas danzaban al filo de la misma existencia, siempre consagradas por el cántico de la anciana, que ahora no tenía idioma ni cuerpo.

El impacto fue tan intenso como para que solo Didier tuviera el coraje de entrar e interrumpir la sesión de lo que estuviera haciendo Alba. No porque fuera más valiente que los demás, sino porque alguien debía hacerlo y era consciente del apremio… y la idea de involucrarla había sido suya y, después de todo, necesitaba hacerse cargo de esa decisión. Le exasperaba no entender lo que ella estuviera haciendo… nada, no entender nada. Frunció los labios en un gesto de fastidio. Iba a abrir la boca para interrumpirla, pero la curiosidad le resultó bastante más incontrolable de lo habitual.

Dio un paso, dos no más: creyó inútil dar el tercero… Era pequeño… no el paso… él. Algo en ese ambiente tan abrumador había conseguido desencadenar la misma sensación de pequeñez de su infancia. No se atrevió a cerrar los ojos por temor a que, al abrirlos, se encontrara en su antigua casa al sur de Francia, o en el centro de Italia… o en Rosario… No hubiera podido saberlo sin detalles bastante más específicos: se habían mudado tanto que todo recuerdo era una *mélange* borrosa e inasible a todo esfuerzo por darle un poco de orden.

El silencio abrupto y rotundo que Alba provocara entre un latido y otro, y el hecho de que girara la cabeza para verlo directamente a los ojos hicieron que dejara de respirar. Y dolía el aire hecho piedra lacerando la faringe con sus aristas irregulares y afiladas; tanto como el terror con forma de éter traslúcido e intangible.

—¡Venganza!

La voz retumbó áspera, hueca y repentina como rayo seco (esos que caen sin dar aviso, sin tempestad, sin lluvia, sin nada).

—¿Venganza? —tartamudeó. No fue ni sería ya capaz de reconocer su propia voz. Temblaba, y el sudor frío corría por todo su cuerpo acentuando la sensación de pánico helado que lo paralizaba.

—¡Querido! No te escuché entrar. —La anciana había demudado el semblante con inmediatez pasmosa—. *Entrez, s'il vous plaît, mon ami ... Entrez tous ...*

El humo del incienso se colaba entre los investigadores envolviéndolos y escapándose luego hacia el pasillo en penumbras.

—¿Ya estás mejor, tía Alba? —Tomar la iniciativa, colarse junto a Didier sin empujarlo y dirigirse hacia los ventanales para levantar las persianas una a una, fue decisión de un breve segundo para Franco. Ya estaba repuesto, aunque nunca se sentiría cómodo con semejantes excentricidades.

—¿Por qué, mi cielo?

—Estabas en trance. Hasta yo me asusté: esta vez fue más fuerte y profundo.

—¡Oh! Debería meditar, entonces, para recordar qué ocurrió —declaró con la voz compungida—. Lamento que se sintieran mal. Les traeré un tecito, ¿sí?

—Otro té no...

—¿Por qué no? —preguntó Hernández ante la mirada de desesperación de Alex.

—Pasen, pasen mis queridos y tomen asiento. Ya voy a contarles lo que descubrí. —Alba sonreía de oreja a oreja, como si nada, como si todo—. ¿El señor es...?

—Subcomisario Ricardo Hernández de Malargüe, señora. Encantado.

—¡Un caballero! Bienvenido... Pase, pase y póngase cómodo.

—Tía Alba: no des más vueltas. ¡Estuviste internada!

—No pasó nada, querido. Un susto sin mayor importancia —respondió dando por finalizado el asunto antes de cambiar de tema—. ¿Galletas? Las horneé para ustedes hace un rato nada más.

—¿Para nosotros?

Sonrió como única respuesta antes de desaparecer por la puerta que la llevaba a la cocina. A diferencia de la vez anterior, no tardó en regresar cargada con una bandeja repleta de delicias dulces y saladas.

—Hay para todos los gustos. Franco, cariño: ¿podrías poner las tazas?

Más de media hora duró la tortura: cuatro intentando hablar, una callándolos. «Denle gusto a esta vieja»… «Primero el placer, querido»… «Disfruta los aromas, ¡los aromas!», repetía una y otra vez Didier en la cabeza. Ya conocía cada maña de la anciana y no terminaba de acostumbrarse a ellas. Por su parte Franco no hacía más que sonreír («Seguro que la está adulando»); Hernández tieso («A punto de saltarle a la yugular, je») y Alex… pálida, obviamente («Cagada en las patas mal»).

—*Mon Dieu, Alba! Assez!*

La mujer asintió con cortesía. Sorbió las últimas gotas con delicadeza y dejó la taza sin que tintineara sobre el platillo de porcelana. Escrutó a conciencia cada gesto de los rostros expectantes que la rodeaban y encontró que todos estarían atentos a lo que tuviera que decir, pero también a cómo sería dicho. Se satisfizo con la idea de no haber perdido la capacidad de indagar en los corazones de quienes la rodeaban, aun si esto significara no hacerles ningún tipo de pregunta. Se aclaró la voz y decidió no prolongar más el momento de lo que debería.

—El símbolo que me mostraron, así, tal cual como me lo dieron… bien amores, no significa nada.

—¿Cómo que…?

—¡Sh! Esto no quiere decir que no exista, solo que no es lo que parece ser. ¿Saben todos lo que es un anagrama?

—Sí, claro —se atrevió Alex—: una palabra que se construye con las letras desordenadas de otra…

—¿Entonces…?

—Sí, querida. Eso mismo. Este símbolo está construido con fragmentos de otros… Es más, con los puntos de cruce, vértices y demás de otro… Fui capaz de darme cuenta porque se me hacía conocido, pero en realidad no lo había visto nunca. Raro, ¿no?

Levantó una mano indicando que no deberían interrumpir el hilo de su pensamiento, incluso cuando tomó la tetera y volvió a servirse con toda parsimonia.

—¿Más? —preguntó por cortesía, sabiendo que ninguno asentiría en ese momento—. ¿No? Bien. —Sorbió con deleite un poco de su aromático *Russian Caravan*, se aclaró la garganta y sonrió con su afabilidad característica.

—¡Ay, por favor, Alba! —Didier estaba perdiendo la paciencia.

—Khaos fue el primer dios en surgir: era un dios elemental, entonces. No tenía forma de nada, no tenía reglas ni fundamento más que existir... y existía desde el principio y pretendía seguir igual. Era el vacío en el vacío, la nada en la nada. Lo que no sabía es que iba a ser el vacío original. En su propia falta de reglas, subsistía como único hasta que ya no lo fue, fue tres: Gea, Tártaro y Eros, que desea la vida. Y eso fue, como así también fue el cosmos, las cosas que hay y habrá en él, el universo pasado, presente y futuro. Y hubo deidades para todo, que debían mantenerse organizadas para que Khaos no volviera a reinar. Cuando el nuevo orden necesitó reglas claras, también hizo falta quienes las hicieran cumplir.

Se detuvo para mirar a cada uno con perspicacia. Su semblante se había demudado a causa de una profunda turbación del ánimo. Apartó de sí la taza con su plato, la servilleta y todo lo que encontró cerca y, con el dedo sobre el mantel, dibujó un símbolo: una cruz invertida con dos semicírculos abiertos hacia afuera a los lados; debajo, un redondel y una flecha curva con la punta hacia abajo. Dio una palmada que sobresaltó a todos.

Hernández tragó saliva. Nunca había creído en nada relacionado al esoterismo ni a las magias de las que pudieran haberle contado o no. Estaba inquieto y a duras penas evitaba moverse de la silla o tamborilear con los dedos sobre sí mismo como solía hacerlo cada vez que buscaba evitar un estallido de furia.

—Alba... ¿Hablás de las Erinias? —aventuró Didier.

—Eran deidades poderosas y antiguas —asintió—. Tanto, que sus orígenes se pierden en las arenas del tiempo, en las cosmogonías más elementales y arcanas, en los mitos, en las filosofías, en las tragedias. No eran malas: eran justas. No eran vengativas: buscaban que se cumplieran los designios del orden y las leyes. Alecto, la Implacable, castigaba las transgresiones de índole moral, como el incesto y la violación, las mentiras y la difamación; Megera, la Celosa, castigaba la infidelidad y los demás delitos contra el matrimonio; por último, Tisífone, la Vengadora del Asesinato, castigaba los delitos de sangre. Los dioses y los hombres les temían: eran las Furias. Pero entendían que sin ellas, ninguna ley hubiera sido eficaz: eran las Benevolentes, las Euménides.

—¿Por eso dijiste «venganza» tía Alba?

—¿Lo dije? ¡Qué vieja estoy! —Rio con ganas—. Sí, supongo que por eso. Porque el símbolo que hemos de deconstruir y reconstruir nuevamente, no es el que la simbología muestra para las custodias de la norma, sino el que utilizan para su lado más oscuro y vengativo: el que las muestra como capaces de corporeizar las culpas y devenirlas en destructividad contra el condenado.

—Quitando toda esta magia en la que parecen creer… debo entender que alguien se está vengando por lo que otro más hizo —balbuceó el subcomisario—. O, en realidad, alguien ejecuta a quienes considera culpables de algún cargo impune.

—Y les deja una marca para que todos lo sepamos —arriesgó Alex.

—Es un delito sexual, por eso la saña con los genitales —afirmó Didier poniéndose de pie para darse aires enfáticos y decididos—. Como vengo diciendo desde hace tiempo, es un asesino en serie.

—En serie sí, mi amigo. Pero más peligroso: este no está loco, sino que tiene un propósito claro y conoce muy bien a sus víctimas.

—Entonces, se puede equivocar y vamos a estar ahí para agarrarlo.

13

Pitonisa

No era el mejor bunker de operaciones, de ninguna manera; pero el departamento de Alba les permitía que Didier no estuviera insoportable. Sí estaba nervioso Hernández, aunque había decidido abocarse a repasar cada una de las notas y carpetas que Alex y el periodista le habían cedido. Cada foto, cada informe, cada anotación al margen hacía que frunciera el ceño cada vez más, entre concentrado y furioso.

—¡Nada! Nada, nada, nada… Ni un rastro fuera de lugar, nada que nos diga ni cómo identificarlo, ni dónde va a matar de nuevo.

—Sabemos por qué, parece. —Alex intentaba calmarlo, pero no era lo suficientemente sutil en sus modos como para lograrlo.

El hombre se acercó hasta casi tocar ambas cabezas para hablar con la voz más queda que le fuera posible.

—¿A vos tampoco te cae bien la bruja?

—Me asusta.

—¿Con tu trabajo? Deberías estar acostumbrada.

—¿Mi…?

—Te investigué, Alejandra Constanza Kuzeluk —explicó triunfal—. A todos… ¿No habrás pensado que iba a trabajar con absolutos desconocidos así, sin más? Esta mujer es otra cosa: igual, mi gente ya está haciendo lo suyo.

La mirada de Alex fue fulminante. Odiaba que se metieran en su vida, en sus cosas en general, aunque entendía los motivos del policía. Iba a hacer algún tipo de comentario sobre que él también les resultaba un desconocido y que, de hecho, ninguno había estado en contacto con los demás hasta hacía pocos días, pero optó por no generar una polémica que solo terminaría por crear una discordia segura.

—Las cosas que vi, las cosas que investigué, las cosas que me contaron… nada hace que me asuste más o que me asuste menos. Pero el ambiente… la atmósfera que puedo encontrar en cada caso: eso es otra cosa muy diferente. Y esto no me gusta ni medio. —Se acercó más a su interlocutor—. Tampoco me gusta que invadan mi espacio personal para hablarme, señor subcomisario.

Se puso de pie y lo dejó solo. Nadie iba a quitarle la sensación de encierro que comenzaba a apoderarse de ella. No era claustrofóbica, nada de eso; pero estar sin hacer nada no era más que parte de los preámbulos del infortunio. Y de eso sabía bastante más de lo que podía contar. Cuánto Hernández había indagado en su vida, no tenía cómo saberlo, pero no permitiría que se metiera en su cabeza: ya era suficiente con Alba. Alba… ¡Uf! Le daba escalofríos. Por un momento se sintió sola, demasiado; más de lo que se permitía. Observó todo lo que la rodeaba: comenzó a sentirse nerviosa cuando no vio a nadie más cerca. Pero fue un instante, solo un instante y nada más: Didier estaba en el balcón fumando. Observaba hacia el horizonte, escrutando la ciudad, supuso, buscando la dirección de su departamento para sentirse menos estresado. Hombre raro… pero lo comprendía, aunque también compadecía su apego hacia lo común y mundano: sin titubeos, ella se consideraba un espíritu libre. Si tan solo fuera capaz de…

—¿Cómo estás? —No supo preguntar otra cosa.

—Peor de lo que quisiera, mejor de lo que hubiera esperado. Ver el cuerpo fue…

Alex tomó el cigarrillo de los dedos de Didier sin pedir permiso, le dio una pitada y se lo devolvió, con demasiados signos de una consternación que no podría eliminar de su espíritu tal vez nunca.

—¿Qué…?

—Calma sintética: ¿No es lo que hacías? Lástima que no dura mucho…

—Alex… ¿Vos estás bien? —pronunció el «vos» con tal énfasis que hasta su mirada, fija en los ojos de la joven, tomó una significancia extraordinaria.

—No. Sería una psicópata si te dijera que sí.

—O un policía experimentado: Hernández está calmo, aterrado pero calmo. —Apagó lo que quedaba del cigarro ensimismado en cada uno de sus movimientos, aun el más pequeño—. Espero que encuentre algo que nosotros no hayamos visto.

—No hay nada ahí, estoy segura.

—Tal vez no, pero cuando pueda meter toda esa información en su cabeza va a poder armar un caso sólido, contactar a la que considere la mejor fiscalía y sacarnos el problema de encima: solo vamos a estar para llevarnos las primicias. Me parece un buen trato.

—¿Me estás jodiendo? Después de lo que pasamos… ¿nada? Porque no me podés negar que estos días parecieron años…

—No nos da el cuero para seguir solos… y no sé si quiero ver otro muerto así.

—Nunca pensé que fueras a renunciar.

Él tampoco lo había pensado así. Estaba cansado, muy cansado y no podía sacarse la sensación de susto por la agresión que había sufrido… después de todo, se había enfrentado al homicida y había salido sin mayor daño, aunque con un trauma extraño y pegajoso. ¿O había sido peor lo de Franco? Aquello era algo que quedaría eternamente sin explicación racional.

—No renuncio… no exactamente. Mirá —añadió, suspirando para darse tiempo y pensar bien lo que iba a decir —: esto es más grande que vos y que yo juntos. ¡Todavía me duelen los golpes, Alex! Lo mejor que nos puede pasar es…

Algunas palabras inconexas comenzaban a llegar hasta ellos acrecentándose hasta ser pronunciadas a voz en cuello.

—Pasa algo…

Dentro, se había estado gestando una revolución. Hernández tamborileaba con un lápiz, de pie y con la cabeza casi pegada a la mesa del estar. Franco intentaba asomarse junto a él y Alba hacía gestos de impaciencia. Estaba en su naturaleza: necesitaba inmediatez, no dudas, no balbuceos aunque ella misma, en sus actitudes más visibles, pareciera ser la antítesis de su propio modo de pensar. También era mujer más de blancos y negros que de tonos de grises: bueno o malo, justo o no, inteligente o imbécil, se hace bien o no… Sin filtros, eso sí, pero con elegancia en los modos. También los años y el ejercicio de su profesión la habían vuelto totalmente teatral, y con muchos condimentos de la antigua tragedia. Con todo, disfrutaba ver en los demás cuáles eran las reacciones a sus innumerables y muy estudiadas excentricidades. Un brillo de innata perspicacia en los ojos le otorgaba aires señoriales, imperturbables y místicos.

—¿En serio usted es una médium?

—*Non, mon cher*: hago horóscopos, leo el tarot, le digo a las personas lo que desean escuchar, tengo una intuición a prueba de todo... y encuentro símbolos perdidos, parece. —Le guiñó un ojo al responder, sabiendo que el subcomisario sería un hueso duro de roer—. Pero usted no cree... ¿Verdad? —Se acercó para susurrarle algo al oído que lo pondría en alerta, al borde mismo de sus propios dogmas—. Pero debería...

La miró fijo, pálido. Era hombre de acción, había pasado situaciones difíciles desde sus días de «aprendiz de policía», como le gustaba decir, allá, por las zonas del conurbano bonaerense. Sí, había sido duro y, como tantos otros, había preferido migrar hacia el interior del país buscando una vida más simple, más sana, más... Y se había metido en flor de bardo: peor no le podía haber salido. Un desastre. La mirada de la mujer lo perturbaba más de lo que sería capaz de admitir nunca, y lo que le había dicho... «¿Lo pone nervioso una vieja, sub?». «No. No sea estúpido, Tellez... Me pone nervioso *esta* vieja». Mejor dejaba de imaginarse diálogos... y de mirar a Alba tan de frente.

—¿Tengo monos? Porque no creo que esté galanteando conmigo —comentó con su mejor tono pícaro.

—Discúlpeme, es que...

—Es que lo pongo nervioso. Es normal, no se preocupe. Mire: la vida es más que lo que puede ver, que lo que puede tocar... el mundo también es aquello que está en la oscuridad, lo que ha crecido junto a nosotros como creencias, como cuentos, como historias desde tiempos remotos. Y yo, bueno, me dedico a observar, a aprender y a poner en la luz... las sombras. Nada más...

—Y nada menos —completó, a modo de disculpas—. Fui un poco grosero. No quise ofenderla.

—¡No sabe lo que tendría que hacer para ofenderme! Por lo pronto, hacerlo a propósito. —Sonrió con amabilidad, pero con una leve mueca de advertencia—. ¿Nos querrías contar —añadió en voz más alta, menos confidencial, cuando vio que todos, incluso Franco que había permanecido al margen, estaban alrededor de la mesa donde había estado trabajando Hernández—, querido, qué es lo que encontró?

Había sembrado curiosidad y recogido una tempestad de sensaciones. Era lo que más adoraba hacer: movilizar aquellas pasiones que los demás deseaban mantener ocultas. También, por añadidura, exponer las mayores virtudes de cada quien como un efecto colateral sumamente interesante de observar. Podía derrumbar los muros de las más intrigantes personalidades con solo sugerir esto o mencionar aquello. Tenía la capacidad de fijarse no solo los detalles con los que cada quien intentaba disimular sus rarezas, sino también en las nimiedades del entorno, de aquello que construye la verdadera personalidad y, al hacerlo, anticiparse a las reacciones, a los acontecimientos, a lo que la vida misma reservaba en el devenir de los tiempos.

Hernández tragó saliva. No le importaba, en realidad, la cantidad de ojos que estuvieran observando: estaba acostumbrado. Pero semejante diversidad y, por qué no, excentricidad en su público… eso era otra cosa. Se aclaró la voz. Por un breve momento bajó la mirada, pero no fue un gesto dubitativo: hizo un repaso mental de lo que había allí, frente a sí mismo y en el centro de todos. Asintió sonriendo apenas, en un matiz triunfal que se escapaba hacia el exterior y no tenía intenciones de contener.

—Estuve repasando los archivos que me mostraron, sus notas y las mías, claro —dijo al fin—. Tengo la costumbre de anotar todo, todo lo que veo, lo que pienso, ya sea en el momento o a la noche con más calma. Es una sana costumbre, en realidad: me permite la autorreflexión y poner en perspectiva cada asunto.

Hizo una breve pausa esperando alguna interrupción, pero no solo eso no ocurrió, sino que las miradas que lo circundaban implicaban en su efímera gestualidad que querían saber a qué se debía el alboroto de hacía unos momentos. Carraspeó, no por necesidad sino por un tic añejo perfeccionado con el paso del tiempo como inicio de un monólogo, como llamado de atención sobre lo que vendría.

—Tengo información que ustedes no —lanzó sin más. ¿Por qué había comenzado por ahí? Si había pensado otra cosa muy diferente… Aguardó la reacción de los demás y continuó cuando creyó que el efecto sorpresa se había extinguido —. Mi gente trabaja rápido, eso lo sé muy bien (si no fuera así, no estarían conmigo), pero la tremenda cantidad de información, el cruce de referencias y la intuición que ustedes llevan, la verdad, facilitó mucho las cosas. —Asintió reafirmando los gestos de felicitaciones con los que había hablado—. Y… lo que me dicen es que, todos y cada uno de los muertos… de las víctimas… Bueno, estos hombres fueron acusados de crímenes feos, fichados, y liberados después.

Soltó la bomba con absoluto placer, con alegría casi; presuntuoso; implacable. Y aguardó hasta que los restos del orgullo de los otros volaran por los aires, aunque solo con la esperanza de que se reconstruyeran. ¿Cómo era? Aprender, desaprender, volver a aprender… reconstruir-se. No era un tipo malo, ni arrogante, ni sarcástico… pero su exigencia característica hacía que no les cayera bien a los demás con facilidad. Por supuesto, eso era algo que no le importaba en absoluto.

—No entiendo. ¿Qué está diciendo? Mi primo era un hombre bueno.

—¿Tu primo?

—José del Prado… ¡Y no le permito! —Cerró la boca cubriéndosela con ambas manos: era una locura armar un escándalo en ese preciso momento. Se dio media vuelta y, alejándose del grupo, se puso a llorar en completo silencio. Durante algunos segundos solo se oyó la respiración asmática de Alba.

—¡Mirá que sos bruto, Hernández! —Didier se pasó la mano por la frente, restregándose los ojos de paso.

—¿Cómo iba a saber?

—Yo tampoco sabía… Parece que no sé nada últimamente.
—Franco hablaba desde las sombras, taciturno desde hacía
horas. Podía notar cómo el estado de ánimo de los demás se iba
enturbiando, y no había nada qué hacer al respecto, porque las
verdades debían salir a la luz… sin importar nada más. También
lo que ocurriera en realidad con Alex… maldita duda, ¡si antes
no había dudado! Buscó los ojos de Didier intentando anticipar
su respuesta, pero lo encontró imperturbable. No deseaba saber
si Alba lo estaba observando o no.

—No puedo contra la información que me envía mi gente,
Alex —dijo, al fin, Hernández, aunque con un tono más neutral,
casi agradable—. Son los privilegios de estar dentro de la
oficialidad… Tengo datos de todos, incluso de mi vecino (si te
sirve de algo, tampoco sabía que tenía un pasado violento), y es
lo único que se me ocurre como factor común entre ellos.

—¡No! Mi primo no…

—Por favor, querida —intervino Alba—, deja que el
caballero termine: no es lo único que tiene para decir.

Más allá de lo esperado, Didier no opinó. Estaba cansado y
no tenía ganas de entrar en ningún tipo de polémica. «Después
de todo, los hechos son los hechos», balbuceó por lo bajo. Sin
agregar nada más, el subcomisario puso su teléfono celular con
la pantalla encendida hacia arriba, justo en medio de la mesa, a
la vista de todos; con cuidado, lo deslizó hacia Alex. Estaba
abierto un correo electrónico con los nombres de las víctimas y
sus antecedentes: ninguno se atrevió a leerlo, esperando poder
digerir el nuevo estado de las noticias más adelante.

—Yo dibujo muy mal, ¿saben?

«No entiendo», pensaron varios a la vez, sin atreverse a
interrumpirlo.

—Y soy bastante testarudo… no me gusta delegar… y
demás. —Miró a cada uno a la cara para asegurarse de que
nadie lo interrumpiría—. Así que me propuse revisar cada
indicio, cada idea que tuvieran (por cierto, pese a la escasez de
recursos que tienen, hicieron un buen trabajo). Y me puse a
jugar yo también con el mapa hasta que vi que tenían razón: el
símbolo no se forma uniendo los puntos que representan las
locaciones de los crímenes.

—Claro. —La voz de Didier estaba matizada con un fuerte tono de superación y una pizca de vanidad.

—Pero, como dije, yo no dibujo nada bien... De hecho, también tengo muy mala letra. ¡Hasta tengo problemas con mi firma! Nunca me sale igual en la pila de documentos que tengo que rubricar a diario.

Tomó la taza que tenía frente a sí y sorbió un trago profundo. «¿Café? ¿Por qué él tiene café y no té?». Más que a celos, el comentario le sonó al periodista como una profunda expresión de deseo contenido: necesitaba una buena dosis de cafeína para seguir manteniéndose despierto; o unas buenas horas de sueño, profundo, reconfortante y reparador sueño cobijado en su propio departamento. Sí, era envidia... Aguantó un bostezo hasta que le dolieron las mandíbulas y le lagrimearon los ojos.

—Por supuesto —prosiguió el subcomisario—, no me es difícil imaginar a otras personas con la misma dificultad. Así que volví a colocar los lugares exactos y traté de unirlos, pero con el nuevo símbolo provisto por doñ...

—¡Ni te atrevas, querido! *Madame* Alba, o solo Alba.

—Em... Alba —dijo, y esperó la aprobación de la anciana —. El resultado fue bastante distinto a lo que hubieran podido hacer ustedes. Yo no sé qué piensan, pero este nuevo símbolo es más sencillo de trazar y, por lo tanto, más reconocible si apareciera deformado —explicó—. Además hay otra cuestión: nuestra geografía.

—¿Nuestra geografía? No entiendo a qué se refiere —escrutó Franco saliendo, por fin, de su ensimismamiento.

—¡Claro! El nuestro es un territorio demasiado amplio y demasiado despoblado, en el sentido de que las poblaciones no están ni unas junto a otras (como en Europa, por ejemplo) ni asentadas de manera equidistante. No hay una cuadrícula como en una ciudad. ¿Me explico? —Sin aguardar que alguien asintiera, prosiguió—. Así que, según lo entiendo yo, la posibilidad de que alguno de los símbolos, en especial siendo ambos tan complejos, aparezca tal cual como debe ser se diluye bastante. ¿Verdad? Miren.

Señaló el mapa rutero que había desplegado sobre la mesa y sobre el cual había trazado varias líneas con un lápiz negro que siempre llevaba consigo. Dio un paso atrás y se retiró con lentitud esperando que los demás se acercaran para admirar su descubrimiento.

—Está bastante chueco —observó Didier— pero sí, no hay dudas de que es el mismo que... *Merde, merde, merde*!

Didier golpeó el mapa con el índice con tal fuerza que el temblor le hizo recordar la lesión en la muñeca.

—Esto quiere decir que... que...

—Sí, que el último crimen es inminente y que va a ocurrir en algún lugar a treinta kilómetros a la redonda de «acá».

Alex palideció hasta creer que quedaría inconsciente allí mismo, en el departamento de Alba, entre aromas a yuyos y sahumerios.

—No lo puedo creer...

—Pues sí, querida —afirmó la anciana y, acto seguido, colocó un nuevo sobre cerrado en medio de todos, tapando el símbolo macabro que estaba trazado en el mapa, en un gesto que quiso significar que todo debería acabar en poco tiempo más.

—Un taxi vendrá a recogerlos en media hora —anunció complacida, con una sonrisa triunfal que le otorgó a su rostro un gesto de inusitada jovialidad.

14
Consummatum est

El hombre abrazó la escultura solo para recibir en sus brazos a la mujer desnuda cuyo aliento rejuveneció en un instante sus sienes, hasta ese momento, pobladas de luna.

15
Sí, existen…
y el eterno retorno, también

«No existen, no existen… ¡No existen! Las brujas no existen», se repetía una y otra vez. Buscando entender aquello que no terminaba de encajar en sus parámetros socioculturales tales y como los había internalizado a lo largo de su vida: no existen los monstruos, ni los fantasmas, tampoco los acontecimientos sobrenaturales. Y sin embargo…

Didier limpió la ventanilla del autobús con la palma de la mano. Los pensamientos inexorables lo sumían en una creciente desesperación: su vida ya no sería la misma de allí en más y estaba profundamente aterrado por los acontecimientos que serían casi inmediatos. Se había obligado, hacía bastante tiempo ya, a no vivir más al filo de la navaja y se estaba convirtiendo en un viejo amargado. De alguna manera, seguir un caso con ese nivel de violencia y sin un atisbo visible de solución le había permitido sentirse más joven, con un renuevo en la sangre que, pese a todo, agradecía. Estaban cerca. ¿Cómo podían dormir los demás? Porque si Hernández tenía razón… Se tocó la cabeza pensando en los golpes recibidos y en que no se dejaría sorprender de nuevo. Se masajeó la muñeca que había estado lastimada, la movió en círculos hacia un lado, hacia el otro: casi no molestaba. «Bien ahí», murmuró entre dientes. En media hora estaría bajando a encontrarse con las respuestas que estaban buscando… o con más preguntas.

Por más esfuerzo que hiciera, el paisaje se le presentaba teñido de un gris tristísimo. Y pensar que Córdoba siempre le había resultado una provincia bellísima…

* * *

Tras varias horas de viaje habían logrado ponerse de acuerdo en algunas cuestiones esenciales: las investigaciones de series y películas no se parecen en nada a la vida real (tampoco las novelas al estilo Agatha Christie); que si no trabajaban bien juntos no iban a llegar a nada y que, si no llegaban a nada el «hijo de puta ese» iba a salirse con la suya. También que el subcomisario solicite custodia: un agente los acompañaría en todas sus actividades.

En tanto, un poco de aire fresco les había resultado bastante beneficioso; pese a las quejas de Didier sobre por qué no habían tomado un remís desde la terminal de ómnibus hasta el hotel a quince cuadras («Casi no llevamos equipaje; podemos ir caminando». Comenzaba a odiar a Franco). Estaban más relajados y el tono de la conversación había perdido sus tintes mórbidos y solemnes. Hernández había colocado la mano derecha sobre la culata de su arma reglamentaria y no la había apartado de allí en ningún momento. Caminaba con los ojos muy abiertos, moviéndolos de un lado a otro, enfocando su atención en las sombras, sin notar siquiera el peso de la mochila que llevaba sobre sus espaldas. También comenzaba a odiar la sugerencia de Franco de ir a pie: era necesario, sí, distenderse, estirar las piernas… pero arriesgarse de esa manera no resultaba nada inteligente.

Era de noche y, sin embargo, no tenían ánimos de cenar: había más apuro por delimitar la posible zona de acción del asesino que tiempo de comer. Desplegaron algunos mapas que habían obtenido de la conserjería del hotel y se dedicaron a observar cada descripción del relieve que la región les ofrecía. Habían decidido que, si bien todo era bastante vago, siempre había algún cauce de río más o menos torrentoso, un espacio alejado de la muchedumbre, pero no demasiado (evidentemente, buscaba notoriedad); todo lo demás, no servía para nada: ni los pequeños detalles como las colillas de cigarrillos o los tickets de compra, ni los más patentes como la edad, la contextura o la vestimenta de las víctimas o la hora elegida para cometer el crimen. Que estuvieran sobre un corredor turístico les resultaba más que complicado: si tenían razón, sería imposible dar con la posible víctima antes de ser atacada.

Unos pasos acercándose al salón comedor los pusieron en alerta.

—¿Subcomisario Hernández?

—¿Diga?

—Soy el sargento Alan Magallanes. ¿Usted solicitó custodia? Me mandaron para acompañarlo.

—¿A esta hora?

El otro mostró sus credenciales: estaba de civil y sabía que no debía esperar a que lo increparan.

—Le deja saludos el comisario Flores: me dijo que era un favor personal.

—Siéntese por la mesa de allá —indicó, asintiendo—. ¿Qué va a hacer durante la noche?

El policía se encogió de hombros.

—Lo único que me dijeron es que no los deje solos en ningún momento…

—Necesito dormir un par de horas: tome el primer turno. Se me acomoda bien en el pasillo y no se mueve de ahí. Este grupo ya recibió un ataque hace poco.

—Sí, subcomisario —respondió con firmeza y se dirigió a sentarse donde le habían indicado para permanecer allí, en el mayor de los silencios.

Los demás enmudecieron también: les resultaba pasmosa la calma con la que Hernández afrontaba la adversidad; también la facilidad con la que había aceptado al extraño. Lo vieron consultar el teléfono celular una y otra vez, hasta que, por fin, asintió con la cabeza.

—Está todo bien: es quien dice ser y se quedará con nosotros las próximas veinticuatro horas.

De alguna manera, la presencia del custodio les daba más miedo: no hacía más que confirmar el peligro que podrían vivir, dándole cuerpo de entidad material y no de mera ilusión o de alucinación hipnótica. También los acercaba varios pasos a una realidad de la que no podrían escapar, una que ellos mismos habían estado buscando.

—Hernández: ¿Está seguro que este es el último? —preguntó Alex, rompiendo el silencio y con notables signos de congoja en la voz.

—No hay más puntos en el trazado del símbolo... Así que, como no se ponga a improvisar sobre la marcha y quiera más, debería ser el último, sí. No parece un asesino de impulsos, sino de método: tiene un propósito y está por cumplirlo.

Didier se mostraba tan preocupado que su semblante había perdido todo tinte rosáceo posible. Solo Franco parecía conservarse entero.

—¿Estamos seguros de que General Belgrano es el epicentro?

—Sí. Es un punto lógico en el mapa. Mire, Donarrumma: dé gracias porque no estamos en temporada alta.

—Ya no estoy pudiendo pensar...

—...excepto en comida —añadió Alex—. También tengo hambre.

—¿Pizza o empanadas?

—Son más de las once...

—Empanadas. Busquemos un *delivery*.

—Hay una pizzería a un par de cuadras...

—Y un buen vino...

—¡Cerveza, Didier! —acotó Franco—. ¡Acá se toma solo cerveza!

Rieron un rato con la ocurrencia, más como una necesidad catártica que por efecto del buen humor.

La noche se iba aclarando cada vez más con cada nueva nube que se acercaba para reflejar la fría luminiscencia de la luna en el final de su fase creciente. Si, de pronto, se hubiera cortado la luz, habrían sido perfectamente capaces de caminar sin tropiezos; pero la oscuridad podía cobrar muy caro la generosidad de alejarse y proporcionaba siluetas extrañas y sonidos sin origen ni sentido. Caminaban rápido, con pasos pequeños y quedos, con los oídos muy abiertos y en completo silencio: ya se habían sobresaltado con algún maullido escondido o las matas moviéndose sin viento. El periodista se restregaba las magulladuras aunque ya no le molestaban en absoluto. En tanto, Magallanes los seguía de cerca como un perrito faldero a un dueño que lo ignora.

—Es en la otra cuadra.

Sí, ya sabían. No demoraron mucho: en otras circunstancias hubieran podido hasta divertirse, pero no esa noche. Estaban cansados y sin ánimos de tertulia.

Al regreso, se durmieron con un sueño tan pesado como inquieto, vívido, agobiante; sudor frío y no mucho más.

Didier estaba aterido pero con la suficiente pesadez como para no levantarse a buscar otro cobertor. Se alegró por estar despierto: las pesadillas no eran lo suyo y sabía que, de dormirse, no tendría paz. Su mente llevaba más tiempo despierta que el resto de sí: todavía no podía ejercer un control apropiado de su cuerpo salvo para acomodarse mejor y enredarse más en las cobijas. Miró la hora: las cinco. Pese a todo, se sobresaltó como una criatura cuando escuchó golpecitos en la puerta de la habitación: no sabía si tenía que ir a trabajar, si su madre lo despertaba para ir a la escuela o si saldría de vacaciones en un rato. Volvieron a golpear con cierta insistencia.

—Voy… Ya voy.

Estaba en un hotel cazando a un criminal que ya lo había apaleado. Murmuró una grosería.

«Toc, toc».

—¡Que ya voy!

El conserje esperaba en el pasillo con evidente gesto de extrañeza.

—Disculpe, señor Ronad…

—Donarrumma…

—Em, sí. Mire… Dejaron este sobre para usted, hace un ratito nomás. Es raro por la hora, ¿vio?

Lo entregó y se fue sin esperar respuesta, sin decir más, sin hacer ruido, con paso felino y perdiéndose en la oscuridad cuando la luz del pasillo se apagó sola, tal como debía ser… Se fue y Didier quedó solo, con la noche poblándole la mente de sombras entre las que se desdibujaba el inconfundible rostro de *Madame* Alba.

No encendió la luz de nuevo, tampoco se movió de donde se encontraba, pero no podía apartar los ojos de donde sus manos sostenían el sobre: casi no podía verlo, pero lo imaginaba blanco y perverso. No vio al custodio pero, aletargado como estaba, no se preocupó. La apenas tenue luminiscencia que proyectaba el velador desde dentro de la habitación poblaba la atmósfera de un tinte somnoliento pese a lo cual podía despertar la imaginación y condicionarla hacia terrores y desahucio. Iba a entrar, pero caminó a tientas hasta la habitación de Franco y llamó sin más.

—Tenemos que hablar.

El joven se asomó más despierto de lo que hubiera esperado.

—¿Tampoco podés dormir? —lo increpó—. A mí me saca el sueño tu tía.

Los dos veladores de la habitación estaban prendidos, proporcionando sombras dobles entre luces ambarinas. La sorpresa del aroma a tabaco dulce se esfumó con el descubrimiento de una pipa humeante sobre la mesilla de luz.

—Único vicio —comentó como explicación innecesaria. Lo invitó a sentarse, expectante.

—Franco, ¿cómo te lo digo? Tu tía es una calamidad. Juro que no entiendo nada… ¿Cómo hace lo que hace?

—Creo que no puedo explicarlo.

—No me podés decir que no tenés idea… Es rara, y lo que hace con lo que está pasando me pone cada vez más nervioso —afirmó mostrando la misiva con un gesto duro. Saberse alterado no era lo suyo y buscó serenarse: encontró que colocar la fuente de su desesperación en la mesa le daba un poco de aire fresco a sus ideas. ¿Acaso el solo contacto…? Prefirió no seguir esa esa línea de pensamiento—. Ahora me mandó esto…

—No sé qué tipo de respuesta esperás… Pero te aseguro que esta vez no me dio ningún sobre. No tengo idea de dónde salió eso.

Se quedaron en silencio durante un momento que para uno fue eterno y para otro solo un breve instante.

—¿Y si lo abrís?

—¿Yo? Te lo mandó a vos…

Didier se rehusaba a tocar el papel, pero era cierto: Franco no tenía nada que ver. El sobre era tan común que exasperaba, no llevaba remitente ni destinatario; de hecho, no tenía ninguna marca que indicara que había sido manipulado por alguien.

—Bien. —Asintió con un movimiento de cabeza. Extendió la mano y dejó que su palma intentara percibir si de la bendita carta emanaba algún poder oculto, perceptible tan solo por la sensibilidad del aire en la piel—. *Je suis un imbécile!* —murmuró. La tomó y la abrió con resquemor.

—¡Ay, por favor! Parecés un conductor de programas de espectáculos… ¿Qué dice?

Didier se encogió de hombros.

—Letras y números. Parecen…

—¡Coordenadas para el GPS!

Por un momento no supieron qué decir, juntas las cabezas sobre la misiva, mirando unos números prolijos y redondeados, escritos con un trazo liviano aunque firme.

—No es tía Alba…

—¿Qué?

—No es su letra, no son sus números…

—¿Me estás jodiendo?

Franco se pasó la mano por el rostro, frotándose de paso los ojos que habían estado adormecidos.

—Ella tiene otra manera de escribir, más fuerte: aprieta mucho la lapicera, tanto que a veces daña el papel, por eso muchas veces usa cartulinas o lo que sea con cierto grosor.

Didier, que había estado chequeando los datos en el teléfono celular, dejó de ver la pantalla para mirar atónito las amables facciones de su interlocutor.

—Entonces, ¿quién nos está mandando al medio del campo, a quince kilómetros de acá?

16
Furia yerma

—¡Las seis y media! ¿En serio?

La protesta había sido más que válida, pero urgía tener tiempo para despertarse del todo: mente, cuerpo y, de ser posible, también espíritu.

—¿Se puede saber dónde está Magallanes? —tronó Hernández. Se había levantado con evidente mal humor, como de costumbre, y no ver al custodio le había recordado que no había discutido fuerte con nadie en los últimos días: sentía una necesidad de recargar su ego que era casi enfermiza.

El encargado del turno mañana acababa de llegar y no sabía nada, tampoco tenían noticias en la comisaría.

—¿Dónde carajos se metió? —refunfuñaba cada tanto, entre bocado y bocado de su copioso desayuno. No soportaba la falta de compromiso con la institución policial ni la indisciplina de ningún tipo. Mal día, tendría un mal día. Los demás permanecían en silencio: menos mal, no los hubiera soportado discutir por tonterías otro minuto más.

Revisaron, entre todos, la misiva buscando decidir qué hacer: salir de inmediato hacia el sitio indicado o quedarse en el hotel aterrados. No había demasiado para pensar y resolvieron salir de inmediato: a esa hora, no había posibilidad de alquilar un vehículo, por lo que fueron en busca de un taxi que los llevara («Pero si es calle de tierra, no») hasta el sitio que indicaban las coordenadas de la carta anónima: no lo encontraron. Un remís los alcanzó hasta unos dos kilómetros antes. «Hay mucho barro: no puedo seguir» fue la excusa y, en realidad, tenía razón el hombre. Había llovido y, si bien el día se presentaba hermoso, el sol no daría abasto para secar el agua que parecía haberse empantanado en todos lados.

Caminaron sintiendo que el corazón les latía en la garganta, no en el pecho. No solo los nervios los mantenían en silencio, también una oscuridad acechante de dudas y descontentos. ¿En serio habían dado crédito a un anónimo? ¿Acaso no se daban cuenta que era una trampa más que evidente? Ni en las peores series policiales, de esas clase B, caían en tales idioteces.

Caminaban en silencio, sí, pero por dentro todo un mundo de palabras, frases y percepciones daban en poblar cada resquicio de las almas que necesitaban no estar solas, pero que no podían confiar en las otras. Extraña sensación, extraño modo de enfrentar lo que podría ser un peligro más allá de lo previsto. De todos modos, el cruce sinestésico de sensaciones que el miedo premonitorio les provocaba se veía suavizado por la visión placentera del paisaje. La mañana estaba soleada y la calma de después de la tormenta traía tintes de un brillo paradisíaco.

—Estamos cerca —concluyó Franco, GPS en mano.

Se detuvieron un momento para orientarse y buscar alguna entrada a los campos privados que los rodeaban. El camino estaba lo suficientemente embarrado como para que caminar no hubiera resultado sencillo. Estaban sucios y malhumorados, y era lógico… aunque inaceptable. Al menos a Didier, estar de mal humor lo ponía de mal humor.

—*Merde, merde et toute la merde du mond!*

—¿Todo bien?

—No. Todo una cagada.

—No sos el único que está chapoteando barro —protestó Alex con evidente gesto de disgusto, aunque no mayor al del propio Didier—. Deberías dejar de ser tan quisquilloso.

—Y vos tan… Olvidate. También estoy nervioso hoy…

—¿Hoy? —Fue más una burla que una pregunta acompañada por un gesto demasiado enfático… tanto como para hacer que perdiera el equilibrio y Franco tuviera que apurarse a sostenerla para que no cayera sentada en medio de la calle o, peor, rodara por el zanjón que los separaba del alambrado de campo—. ¡Gracias!

Rieron de buena gana, liberando tensiones.

—No es lugar para una chica como vos…

El subcomisario la veía demasiado pequeña: joven y frágil, con aires hippies y bohemios, sí, pero también muy de chica bien, de ciudad y no de aires libres.

—¡Ups! No es buen camino ese, Hernández. —Didier tomó aire: si se oxigenaba bien tal vez fuera capaz de interponerse y evitar una arremetida, aunque su extrema curiosidad le sugirió quedarse quieto y esperar.

—Eso suena bastante misógino, ¿no le parece? —La mirada dura y directa pedía una disculpa.

El policía se encogió de hombros: no tenía ganas de pelear. Se dio media vuelta y siguió andando.

—¿Nada?

—¿Nada de qué? Si se nos aparece el asesino, no vas a poder hacer nada. A eso me refería: si entendiste algo distinto, es cosa tuya.

Alex iba a responder de malos modos, pero Franco intervino a tiempo, llamándolos y señalando campo adentro.

—¿Ven esa cabaña de allá? Me parece que es ahí... No hay otra cosa cerca.

Vadearon el zanjón no sin dificultad: estaba inundado. Y así, pesados y masticando bronca, saltaron el alambrado por falta de una tranquera cercana o perceptible a simple vista. Andar a campo traviesa supuso otro desafío.

—Quiero dejar constancia de mi protesta —refunfuñó Didier—: protesto. Y, encima, nos estamos metiendo en una propiedad privada sin anunciarnos ni andar por el camino principal. ¿Nadie tiene problemas con entrar en la boca del lobo? Porque que esto es una trampa, es una trampa...

—Yo te cuido: para eso me mandaron.

—...de acá a la China ida y vuelta. No hay historia, mito o leyenda que documente que no será así esta vez.

—¿Qué tiene que ver eso?

—¡Alba!

—¿Tía Alba? Es inofensiva...

—A mí me aterra...

—Es lógico. —Didier no dudaba—. Te hacés la fuerte, pero no lo sos: tenés miedo de que algo de lo que investigás sea cierto, porque no podrías soportar no controlar el mundo que te rodea… y Alba es eso, incontrolable, una tempestad.

—No podés…

—No. Vos no podés… No podés con esto.

—¿Porque soy mujer?

—Si el tipo ese te agarraba a vos…

—Didier —intervino Hernández—, no creo que sea momento.

—Es momento para que esté a salvo, segura —afirmó—. No vamos a poder cuidarla.

—Todavía estoy acá… ¡No me des la espalda!

—Alex…

—Y no… me toques, Franco.

Se habían detenido en medio de un campo yermo, enmudecidos por la discordia y el temor a lo desconocido.

—No es por agredirte, nena… Es por cuidarte.

—¿Nena, Didier?

—Es que el asesino… si ese hijo de puta…

—¿Y si no es un hombre?

—Una mujer no podría hacer lo que vimos…

El gesto de Alex se tornó frío, con una dureza que plasmaba cuán imperturbable llevaba el alma.

—No creas todo lo que dice la Historia que los hombres han escrito, porque siempre será solo la expresión de un único punto de vista, uno de entre tantos otros que fueron descartados: la visión del vencedor. Porque el vencedor es quien ha tenido los medios para magnificar y endulzar sus actos hasta que cree que son perfectos. Es entonces, y solo entonces, que los difunde para que todos los demás también crean que esa fingida perfección es la única verdad y que, fuera de ella, lo demás es vanidad y humo.

—Es un poco extrema tu postura.

—¿Lo es, Didier?

—Señorita Kuzeluk… Nunca me referí a su debilidad en relación a su género…

—No, pero…

—Yo sí. Que la Historia haya registrado la existencia de mujeres guerreras no hace más que acrecentar esa rareza, incluso en los mitos.

—Mirá si serás obtuso… ¡El símbolo es femenino!

—¡Femenino! —repitió el subcomisario, consternado, palmeándose la frente—. ¡Qué pedazo de…!

—No entiendo qué tiene que ver tu frustración con el símbolo, que es esoterismo puro y, si querés, en última instancia, algo que puede tener origen pseudomítico.

—¿Y qué creés que es el mito sino el origen mismo de lo que hoy conocemos como Historia? Toda historia mítica comienza con un acontecimiento tan real como la sangre que corre por tus venas… o las tuyas —dijo, señalando con la mirada primero a Didier y luego a Franco, que había optado por mantenerse en silencio—. ¿Vos qué opinás?

El joven asintió, dejó lo que estaba haciendo para acercarse al grupo, interponiéndose entre ella y el periodista.

—Creo que tenés razón, pero tampoco entiendo tu exabrupto. —La vio contener el aliento, tal vez buscando serenar el tono de su voz, que había acrecentado su dureza segundo a segundo.

—Todo mito se origina en una realidad que no se puede explicar… o que nadie desea admitir. Son esas dos opciones, no más… tampoco menos. Está muy bien intentar dar cuenta de por qué amanece o porqué hay eclipses… pero entre tantos fenómenos naturales, también se esconden, de manera subrepticia, la más escabrosas miserias humanas. Estoy cansada, muy cansada, de la exaltación de héroes atroces y de la banalización de sus actos inmundos —dijo las últimas palabras casi a los gritos.

—Alex… no niego eso, por favor. —Ella aceptó con cierta resignación el gesto de Franco buscando serenarla—. Calmate que te va a hacer mal.

—¿No entendés? ¿En serio? ¡No puedo calmarme!

—Sigo sin entender por qué te afecta tanto…

—¡Porque no solo mienten! ¿No lo ves? Todos ellos son un perverso modelo a seguir para a los insensatos que repiten alegremente una y otra vez semejantes atrocidades.

—¡Ay! ¡Por Dios, Alex! ¡Basta! —Didier comenzaba a no poder controlar su creciente exasperación—. Todo esto es una estupidez —declaró. Toda su actitud corporal expresaba su ineludible deseo de marcharse de allí, pero siempre terminaba siendo el caballero que Alba solía reconocer pese a todo.

El subcomisario se encogió de hombros pensando en que ya no deseaba permanecer cerca de quienes parecían no poder terminar de comprender la delicadeza del momento.

—¿Una estupidez? —Lo enfrentó. La calma que le habían propuesto fue cosa de algunos segundos y nada más. Tomó aire antes de seguir—. La tortura, los asesinatos, los robos, las vejaciones: ¡No pueden ser una estupidez!

— Alex...

—¿Adorar a un tipo que mató a sus propios hijos? ¿En serio? Porque sin importar lo que tengas que decir, lo convirtieron en un dios... Era un asesino, luego fue un mercenario que saqueó y siguió matando... ¡Y lo convirtieron en un dios!

—¿Hércules? ¿En serio? ¡Vamos, nena! Es un estúpido cuento de hadas. Te estás sacando de quicio, ¿Podés calmarte?

—¡No me calmo nada! ¡El divino Aquiles tenía una esclava sexual, Edipo violó a una reina para hacerse del trono de Tebas (lo de que era su propia madre es puramente anecdótico), y... y... ¿Qué te pensás que le ocurre a una mujer que es obligada a mantener relaciones con un toro!

—¿Un toro? —Didier se quedó pensando unos momentos —. ¿Zeus? ¿El toro blanco? ¡Ay, vamos! ¡Por favor! Seguro que era uno que la tenía grande...

—No. Era un toro... ¿Tanto te cuesta aceptar lo que los hombres son capaces de hacer? ¿O es que dudás todavía, después de todas las señales que se presentaron en este caso?

Didier optó por buscar hacer algo para que aflojara el odio que veía en sus ojos grandes y destellantes.

—Hubo héroes extraordinarios... No sé: Jasón, Perseo...

—¿Jasón? ¿El que desvirgaba mujeres y dejaba hijos en cada puerto? ¿O Perseo el que me violó junto con sus hombres?

El silencio tronó entre los cuatro, desgarrando los sentidos hasta confundir las certezas con las incertidumbres, hasta que los hombres no supieron si la sangre se les había helado o si se sentían febriles al punto de la misma locura.

—¿Qué... dijiste?

—¿Acaso todavía no entendieron? La realidad es más, mucho más lo que se puede percibir con los propios sentidos. ¡Hasta Alba lo sabe!

—No es eso... Dijiste «me»... Alex, estás tan nerviosa, tan obsesionada que ya no sabés lo que estás diciendo. —Franco comenzaba a sentirse realmente preocupado por ella. De alguna manera, notó que le interesaba más de lo que era capaz de admitir.

El aroma del campo llegaba trayendo tierra húmeda, otoño y silencio crepuscular... y, extrañamente, no mucho más. Ni ganado pastando, ni el ladrido de mastines protectores de humanos, ni aromas previos al almuerzo. El silencio era espeso y lastimaba los ojos, tanto como para que quisieran alejarse hacia el horizonte. A lo lejos, una diminuta cabaña con algunas dependencias era la única señal de que alguien habitaba aquel paraje tan alejado del trajín del mundo y que, sin embargo, se ubicaba en el lugar exacto que indicaban los indicios que habían sido tan evidentes como para llevarlos hasta ese preciso lugar y en ese momento en particular. Mentalmente, Franco buscó calcular cuánto le llevaría llegar hasta allí: tomó vida el fatídico presentimiento de que allí sucedería el último crimen del asesino que se escurría de sus esfuerzos más obcecados por detener la masacre de la que todos comenzaban a sentirse responsables. Regresó a su aquí y ahora cuando escuchó a Didier refunfuñar en francés:

—*Merde! Tu est fou!*

No podía ser bueno eso, no en el estado en que se encontraba Alex. Después a todo... ¿Qué le habría ocurrido para ponerse de esa manera? Un puro instinto de conservación comenzó a dictarle que debía mantenerse al margen si quería que todo terminara bien. Dentro de su mente y en completo silencio comenzó a recrear conversaciones posibles tendientes a calmar los ánimos y regresar al trabajo que los esperaba. Lo malo era, justamente, que permanecieran allí mismo, sin que pudieran externalizar ni una sola palabra coherente. Vio el gesto de preocupación de Hernández y terminó por recobrar la serenidad perdida.

Con extrema prudencia, se acercó a la joven y, viéndola directamente a la cara, la tomó por los hombros.

—Me estoy preocupando por vos: esto te va a hacer mal... y nos va a hacer mal a todos: no podemos permitirnos fracasar.

Todavía hicieron silencio un rato más antes de asentir. Sí, había sido un discurso breve y sensato. Dejaron atrás el sitio de la discordia y regresaron a su incómodo andar por campo traviesa: por más extraño que les pareciera, confirmaban a cada paso que la pequeña vivienda y su dependencia no tenían camino de acceso desde la ruta... ni desde ninguna otra calle secundaria. De hecho, parecía abandonada desde hacía bastante tiempo. Estaban lejos y se les dificultaba andar; sin embargo, no dijeron una sola palabra más, ni siquiera para quejarse. La tierra estaba lodosa y se pegaba a los suelas del calzado o provocaba molestos resbalones. Cada tanto, Didier refunfuñaba por lo bajo, en especial cuando le parecía ver algún que otro hueco que creía nido de víbora. Y él odiaba las víboras... y las arañas, y los cuises silvestres que le parecían simples ratas sin cola, y las aves de rapiña, y los murciélagos, y... ya quería regresar a su departamento, pequeño y acogedor, de su amada Capital.

—Odio el campo —murmuró apenas, más como reafirmación de sus propias convicciones que como un quejido.

Franco intentó sonreír: ver a Didier haciendo el ridículo de esa manera resultaba todo un espectáculo. Terminó cediendo a lo obvio.

—Más rata de biblioteca no podés ser, ¿no?

—Muy gracioso... Muy gracioso. Ya te quiero ver en una galería de Arte...

—¿Pictórico o escultórico? Digo, el arte de la galería... Porque a mí me gusta la pintura abstracta...

—*Je t'hais...*

Llamaron palmoteando con fuerza, haciendo que el sonido retumbara bajo el alero de la entrada y que se dispersara en ecos estruendosos.

—Parece que no hay nadie...

—O que «ya» no hay nadie —corrigió el subcomisario ante el espanto del joven.

—Me niego a creer que llegamos tarde...

El silencio pesaba como mil demonios regodeándose en la mugre del Infierno que hubieran logrado recrear en el mejor de los paraísos terrenales. Lo peor era su profundidad inquebrantable: porque ni el aleteo de algún pájaro perdido ni el quejido del viento enredado entre los recovecos del techo de madera vieja brindaban la posibilidad de sonido alguno. Tampoco el aire insuflándoles vida ni el latido de sus propios corazones, que parecían coordinados con el entorno pálido de muerte y abandono. Se sobresaltaron cuando el alero crujió sobre sus cabezas.

Didier apoyó la mano en la puerta y la abrió de par en par con solo empujarla apenas. No había nadie y el aire olía a ausencias lejanas: encierro y tierra.

—Acá no hay nadie desde hace un tiempo importante...

—Mucho pero mucho tiempo, en realidad —acotó Franco.

—¡La re puta madre que lo parió!

Escucharon gritar a Hernández desde una habitación contigua. Un frío súbito les recorrió el cuerpo cuando encontraron al subcomisario arrodillado junto al cuerpo ensangrentado de Magallanes, que yacía en posición fetal junto a un viejo catre.

—Llegamos tarde. Llegamos tarde. Llegamos tarde. Llegamos tarde. Llegamos tarde. Llegamos tarde —comenzó a repetir Didier al borde de un ataque de nervios. Sentía sobre sus hombros toda la responsabilidad por lo que estaban viviendo.

—Está frío... Pero no lleva muchas horas: esto tiene que haber sido por la madrugada temprano.

—Por eso no lo vimos... —Didier sintió que el mundo que lo rodeaba comenzaba a dar vueltas como en un carrusel macabro, incontrolable y de una oscuridad que teñiría de negro hasta su propia sangre. Si quien debía protegerlos estaba muerto, entonces...

—¿Didier?

—Estoy bien, estoy bien —mintió—. Necesitamos asegurarnos, estar a salvo.

—Hay que revisar todo, no sea cosa que no estemos solos. —Franco había endurecido las facciones y tensado los músculos del cuello y los brazos. Estaba enojado y, en su enojo, preparado para cualquier eventualidad, por más violenta que pudiera ser.

—Vamos a tener que ver la otra construcción... Nosotros hicimos bien las cosas —afirmó Didier más para sí mismo que para los demás. Esperó un rato hasta confirmar que no había nada ni nadie en la pequeña habitación aledaña de la que salía Hernández, antes de continuar con sus pensamientos en voz alta—. Deberíamos encontrar algo por acá.

Salieron observando cada detalle de las pocas cosas que los rodeaban, con la esperanza vana de que les contaran sobre alguna pista escondida de la vista de los invasores. Pero todo permanecía en el mismo desesperante silencio.

—Este lugar me pone nerviosa...

—Ya estabas nerviosa, Alex.

—Las imbecilidades de la pseudoevolución humana me ponen nerviosa.

Didier abrió la boca como para responder, pero no lo hizo. Se sentía cansado y el fastidio comenzaba también a hacer mella en su humor habitualmente afable.

Se acercaron con desconfianza, sabiendo que cada paso dado hacia adelante era también el anuncio del final de la lucha de poderes que venían perdiendo muy a su pesar.

—Algo no está bien —murmuró Franco con un hilo de voz—. No sé si quiero entrar ahí...

—¿Miedo?

—¿Vos no?

—Cagado en las patas. Ese hijo de puta nos la tiene jurada. —Su rostro evidenciaba las marcas del espanto que pugnaba por tomar el control de sus sentidos—. Nos pusieron un custodio, ¡y lo mató casi delante de nosotros! —Temblaba. No le gustaba, tampoco eso: temblar.

Podían notar cómo su corazón se aceleraba cada vez más hasta que creyó que se le saldría del pecho, desbocado a más no poder.

—¿Dónde está Alex? —observó el subcomisario.

—¿Alex? ¡Alex!

Hacía unos segundos estaba con ellos y no había allí muchos lugares donde ocultarse... Entonces, ¿dónde estaba? La intuición les indicaba que debían andar con cuidado.

Y, en el mayor silencio que pudieron lograr, se acercaron a la dependencia que tenían por delante extremando los sentidos, puestos en la tarea de observar y permanecer expectantes.

Instintivamente, Franco colocó la mano izquierda en la cintura, debajo del abrigo: por precaución y sin decir nada, se había sujetado una navaja al cinto por el lado de la espalda.

—¡Alex!

—¡Alex!

Algunos ruidos los sorprendieron desde el otro lado de la construcción, helándoles la sangre. Avanzaron unos pasos más, exacerbando en Didier una paranoia olvidada: estuvo a punto de retroceder, pero no lo hizo. Observó la suerte de invernadero y la encontró extraña para ese sitio en el mundo: demasiado vidrio, demasiada luz... demasiada mugre en los ventanales.

—No se ve nada para adentro —murmuró—. ¿Cuánto hará que no vive nadie acá?

Estaba total y realmente incómodo. Pasó la mano por la superficie del vidrio intentando poder observar el interior, pero sin éxito: la suciedad estaba por dentro. Vio que también lo había intentado. Frunció los labios. No... el asunto no le gustaba nada.

—Voy a dar un rodeo: quédense acá, quietos. A ver si aparece la chica —anunció Hernández.

Siguieron avanzando hasta detenerse ambos cerca de la puerta de acceso, también vidriada. Ahí vieron de improviso, de pie y lívida, la figura delgadísima de Alex.

—¿Estás bien? ¡Ey! Que si estás bien. —Didier hablaba ahora con suavidad. No se atrevía a acercarse demasiado y se limitó a observarla en detalle. No vio nada nuevo, pero todo era diferente. No supo explicarse: gesto, postura, mirada... era un observador nato de la naturaleza humana, pero no pudo con ella—. ¿Alex? ¿Viste algo ahí adentro?

De soslayo, Franco observaba la escena... con una mano puesta en la puerta del invernáculo, buscando la manera de abrirla: no veía picaporte, cerradura, manija, pasador... sin embargo algo la mantenía cerrada. El silencio seguía siendo preocupante, anormal según él. A excepción, claro, de la voz de Didier intentando convencer a la joven de que debía reaccionar y salir de su letargo. «¡Cranck!» escuchó, y también los otros dos. Empujó apenas y, antes de que supieran de qué se trataba, ya había ingresado.

Adentro todo era gris. No con ese tono indefinido de los vidrios manchados de polvo y humedad, sino con el ceniciento que provoca el paso del tiempo. Gris desde adentro, lánguido y melancólico por el duelo que exige la muerte de los minutos que no regresarán. Impenetrable. Quieto. Irrespirable.

—Falta el sub —sugirió Didier.

Franco creyó que invadía una especie de santuario cerrado a los impíos durante milenios. El aire que venía desde afuera trajo un hálito de vida a sus pulmones que habían comenzado a incomodarse con el encierro de siglos condensados en tan poco espacio.

El ambiente olía a... a... al departamento de su tía Alba en un día de trabajo arduo. No pudo evitar que se le erizara la piel. Orientó la cara hacia la puerta buscando un poco de frescura que lo hiciera pensar con la mente más despejada, pero no tuvo éxito. Justo debajo del dintel, Alex intentaba impedir que Didier ingresara al recinto que el siglo había olvidado. Vio cómo el periodista la apartaba y la dejaba atrás para acercarse hacia donde él se encontraba congelado, tal vez contagiado por el entorno. Vio también cómo caía de rodillas a su lado.

—¡Eu! ¿Encontraste algo? ¿Tan rápido? —No le extrañaba que hubiera tomado la iniciativa luego de la confusión vivida hacía solo unos instantes. No le diría nada, al menos no en ese momento, pero admiraba su determinación y la profundidad de su prosa, claro reflejo de su pensamiento sagaz. Sonrió recordando que no siempre lo demostraba. Todavía no había bajado la mirada: había demasiadas cosas allí que intentaba descifrar—. Que si encontraste algo…

El silencio prolongado lo obligó a detenerse y ver hacia donde se encontraba Didier: en el suelo, inconsciente y con un hilo de sangre saliendo de su cabeza.

17

Destino

Una sensación de hielo súbito congeló la sangre que antes había corrido victoriosa por las venas de Franco cuando se agachó junto a Didier, llamándolo repetidas veces. ¿Siempre hizo frío en el recinto? No lo sabía… no podía pensar en nada más. Acaso el asesino que buscaban habría ido ya tras Hernández también… ¿Dónde se encontraba? La vista se le nubló de pronto y perdió el sentido de la orientación y el equilibrio: todo estaba raro. Pese a ser de día, adentro no se veía bien; probablemente, según pudo pensar, debido a la suciedad de los vidriales. Se apoyó en el suelo, volatilizando la capa de polvo añejo que ya no estaría en reposo eterno e intentó serenarse.

—Didier… Didier —llamó quedo.

Cuando sus ojos consiguieron acostumbrarse a la penumbra, pudieron ir más allá de donde ambos estaban y lo que vio consiguió serenarlo casi al instante cuando, unos metros más allá, vio que la joven permanecía de pie, expectante, observando la situación cubriéndose la boca con una mano.

—Necesito que me ayudes —murmuró en un silencio arrollador—. Creo que el tipo está por acá: le hizo algo a Didier y no reacciona.

—¿El tipo?

—¡El asesino!

Una voz gutural exhaló un quejido desde el suelo.

—¿Estás bien?

—No —gruñó—. ¿Qué me pasó?

—Que no estamos solos —susurró, e hizo un gesto indicando a los demás bajar la voz también—. Yo creo que el que nos atacó en el hotel es el mismo que te partió la cabeza… y que mató al custodio… Así que, estamos fritos. ¿Dónde carajos está Hernández?

Incluso habiendo transcurrido varios minutos, se les hacía difícil ver en la extraña penumbra que desdibujaba sombras cada vez más fantasmales a medida que, afuera, el sol hacía piruetas tras un viejo roble. Didier respiró dos veces lo más profundo que pudo, sintiendo el aire que le llenaba los pulmones separando las costillas. Aun sin ser muy puro (el aire olía a tierra, humedad y vejez), le fue suficiente para tomar coraje. Se levantó como pudo, más allá del dolor agudo: la cabeza todavía le daba vueltas. Franco lo ayudó a incorporarse y verificó que en realidad estuviera bien y no fuera un arranque de machismo en un mal momento. Detrás de ellos, a unos pocos pasos nada más, Alex los observaba con calma, sin moverse, posiblemente todavía espantada por la situación.

—¿Estás mejor? —preguntó Franco.

—Sí, sí. Creo que sí. —Su aliento resonó extraño, con una suavidad violentada por el temor. Y sin embargo, no había un espacio posible para las dudas porque ese era el momento que estaban esperando: el asesino estaba cerca y los acechaba, poniéndolos a los tres en un peligro que debían aceptar con la mente abierta. ¿Los tres?

—¿Hernández?

—No sé… Pero ya me preocupa.

—«La curiosidad mató al gato», dicen.

Franco tomó su teléfono celular, lo encendió, buscó la linterna y comenzó a iluminar el ambiente que había sido ganado por la lobreguez desde hacía años, aunque no supieran cuántos. En ese momento, tal vez poseído por la esencia de alguna noche incierta en sus propias almas, parecía todavía más oscuro que un cielo sin luna y sin estrellas.

—Hay cosas que no deberían ser vistas —sentenció Alex.

—¿Por qué no? Somos periodistas y meter la nariz en donde sea es nuestra esencia: necesitamos velar por que todo salga a la luz. —Didier ya estaba de pie, renovado al punto de eludir toda sensación de lo ocurrido—. Además, Alex, ese hijo de mil putas no nos va a ganar; no ahora que ya nos tiene amenazados. No voy a dejar que nos dañe… supongo que ninguno de nosotros va a permitirlo nunca. Tiene que pagar por lo que hizo. —Su tono de voz iba en ascenso, resonando en la atmósfera densa de olvido—. No puede haber tipos así sueltos. —Se acercó a la joven antes de continuar—. No sé si me entendés: sos muy nena para esto… Disculpame, pero es lo que creo. Porque aunque escribas un blog sobre cosas extrañas, y quieras que esto lo sea… no lo es, esto es la vida real y no sé si estás lista para seguir. Te falta experiencia para esta lucha. Te prometo que te vamos a cuidar, pero hasta acá llegaste.

—¿Lo decís por mi edad o porque soy mujer?

—Supongo que por las dos cosas. No jodas, no es momento de que te pongas a «histeriquear» de nuevo.

Alex se acercó un poco más y lo miró de frente, elevando la cabeza, agrandándose para que sus ojos queden a la altura de los ojos de Didier y, sin más, lo empujó haciéndolo trastabillar varios pasos: todavía se sentía aturdido y débil, aunque no quisiera demostrarlo por puro amor propio.

—Mirá, Donarrumma: no podés ser tan machista. ¡Nadie debería volver a serlo, nadie que piense como vos debería quedar sin castigo!

—¿Qué estás diciendo, nena?

—¿Nena? ¿En serio? No te lo voy a permitir ni a vos ni a nadie. No. No se puede ser así.

—Ya está: basta, por favor —intervino Franco, que se había quedado al margen de la situación para tener la oportunidad de servir de mediador. Entendía la desolación que estaban viviendo, pero logró darse cuenta de que alguien debía conservar la cordura.

Alex se acercó más al periodista, ignorando la voz que se convirtió en molestia, y sus ojos ya no eran los mismos: estaba enojada y su mirada se transformó en rayos de ira capaces de partirlo en dos si fuera posible.

—Me estás haciendo calentar: ¡Te dejás de joder! Que no es momento… Me duele la cabeza y no tengo ganas de todo esto. Ese hijo de puta nos debe estar mirando… y se debe estar cagando de la risa de nosotros. *Merde! Fils de chienne!*

—Y, ¿quién te dijo a vos que el asesino es un hombre?

—¡Basta! ¡Los dos! Hay algo acá que tienen que ver.

El silencio repentino duró menos de un segundo apenas, pero su efecto fue tan contundente que Franco lo sintió como un trueno expandiendo su eco dentro su pecho. Parpadeó, pero ya no abrió los ojos: cayó desplomándose con la lentitud de una hoja en otoño, sintiendo en la nuca la mano pequeña de una mujer que lo acompañaba hasta el suelo yermo.

—No todo debe ser visto…

Alex se acercó a Didier que la miraba espantado.

—Te vi mirarme. Te vi esconder tus pensamientos detrás de tus propios ojos, de tus fobias, como si fueran refugio suficiente.

—No te entiendo…

La observaba con cierta dificultad, entre las sombras amorfas que la mugre sempiterna de los ventanales proyectaba hacia el interior del invernáculo. La vio desprenderse el saco y arrojarlo al suelo junto a ella, quedarse solo con una mínima blusa, también acercarse un paso más, y otro…

—¿Qué hacés?

No pudo retroceder: algún mueble inesperado estaba allí, cómplice de una creciente desorientación. Estaba turbado y con justa razón, por lo que no estaba siendo capaz de regresar el caudal desbocado de su conciencia a un cauce más normal.

El tiempo dejó de fluir en el momento en que sus ojos se posaron en los de ella, y ya no en lo que la camisa que la cubría dejaba transparentar. Algo había cambiado e intentaba saber qué. No: sabía qué y no podía ser nada sano. No se sentía sano…

—Disculpá —dijo, como si ella hubiera podido leer su pensamiento. Bajó la cabeza, aunque sin perderla de vista. El gesto endurecido, la mirada casi siniestra…

—Creo que siempre supe que ibas a ser el último, Didier.

—No te entiendo… No entiendo nada.

Ella dio un paso más hacia adelante.

—Me estás asustando…

—Y, sin embargo, seguís mirando ansioso. ¿Ves algo que te guste? ¿Algo que quieras tener?

—¿Qué pasó con Franco?

Acaso cambiar de tema lo ayudara a ganar tiempo para pensar.

—Me acosté con él. ¿Querés detalles?

—Pero... ¡Dijiste que no! Lo estuviste esquivando... y ahora piensa que está enloqueciendo y... ¿Vos lo golpeaste?

—Hay dos clases de hombres: los que respetan y los que no. Pensé que Franco era de los segundos, pero me equivoqué; así que tuve que dejarlo ir. Fue muy atento y agradable, en cambio vos...

—Sigo sin entender, Alex... no entiendo... no... ¿Qué está pasando?

—De vez en cuando aparece alguien como vos...

La vio sonreír y pudo percibir cómo el terror comenzaba a tomar el control de cada célula de su cuerpo. Tenía frío, pero las manos le sudaban; también la nuca y la columna vertebral, con un sudor tan helado que le daba la sensación de estar en las profundidades de un glaciar... helado, muy helado e incómodo.

—Alex... es... es Alex, Didier. —La voz de Franco parecía llegar desde más allá de la tumba, desde las sombras que se envalentonaban dentro con la llegada de los nubarrones que afuera amenazaban con una lluvia copiosa e incómoda.

—¿Cómo te lastimaste esa mano? —La joven avanzó un paso más, provocativa y amenazante, ignorando por completo cada detalle de su entorno, ensimismada en el único objeto de su cólera.

—¿Qué tiene que ver?

—¿Cómo? —aulló—. ¿Golpeaste a alguien?

—¡¿Y eso qué importa?!

—¡Decilo! —rugió con la furia de mil truenos.

—Sí... ¡Sí! —La voz le temblaba, sin aire y sin control.

—¿Hombre o mujer? —Susurró.

—A... Alex...

—No podés decirlo porque...

Un rugido agónico y un estruendo que sacudió toda la estructura del invernáculo precedieron la caída en añicos de uno de los ventanales. Franco había conseguido, apenas, ponerse en pie para arrojar algún objeto pesado hacia el exterior de la construcción; sin embargo, no había resistido el esfuerzo: el golpe en la cabeza había sido tan fuerte que todavía no lograba evitar que toda la estancia girara a su alrededor desdibujando los objetos, volviéndolos fantasmagorías aterradoras e inverosímiles. Cayó de rodillas y el nuevo ángulo le permitió enfocarse en lo que no desearía haber visto nunca: a Alex abalanzándose sobre Didier como un huracán de furia irrefrenable. Sintió un crujido pavoroso y un golpe seco y pesado contra el suelo. Contuvo un grito cuando supo que Didier yacía muerto con el cuello roto y escuchó la risotada contenida de la joven.

18
Desde la penumbra

El viento no necesitó esfuerzo alguno para que las sombras se amedrentaran y dieran paso a una tenue luminiscencia.

—Sí: hay cosas que no deben ser vistas…

Tenía razón. No hubiera querido ver el cuerpo de Didier. La impresión extrema fue demasiado para él y perdió el sentido casi por completo. Ahora, la realidad era solo una profunda confusión de sonidos y nebulosas. Se restregó los ojos con creciente desesperación. No quería ver, pero sí quería.

—¿Qué hiciste, Alex? ¿Qué hiciste? —balbuceó apenas.

—Justicia: debían pagar… Todos debían pagar.

Los segundos parecieron detenerse. Casi hubiera podido afirmar que veía en cámara lenta el aleteo desesperado de la mosca atrapada en la telaraña que unía la mesa junto a sí con lo que parecía una peana vacía. El aire fresco y húmedo proveniente de afuera también lo hacía blanco de una jugarreta y se negaba a revivificarlo. Pese a todo, comenzó a cobrar conciencia del mundo de las cosas, extrañas y espeluznantes, que lo rodeaban. Decidió con bastante objetividad que estaba en el taller de un escultor.

—¿Vas a matarme… a mí también?

Cinceles, gradinas, martillos, escofinas comenzaban a desfilar ante sus ojos, desvelado el velo de la oscuridad que los cubría. También su mente comenzaba a aclararse, aunque no deseaba demostrarlo todavía. ¿El tiempo se había detenido realmente? ¿O, acaso fuera una sensación tan subjetiva que, al fin y al cabo, pudiera darle algún tipo de ventaja? «La Torre, la Papisa, el Ermitaño», pensó. ¡Qué equivocación tan grande! ¿Cómo tía Alba podía haberse equivocado tanto? ¿Acaso…? El invernáculo no era un taller, sino un templo octogonal.

—¿Vas a matarme o no? ¿Quién mierda sos?

Vio esquemas, diseños anatómicos, adornos esotéricos. Símbolos antiquísimos se confundían con otros modernos e inverosímiles que había aprendido a distinguir. Intentó ponerse de pie: no iba dejarse vencer.

—Me estás molestando… y necesito acomodar lo que queda de Didier. ¿No vas a dejarme?

En el pecho, cada latido le permitía saber que seguiría vivo unos segundos más. No era afecto al temor; de hecho, no tenía idea de cuánto hacía que no sentía miedo verdadero pero, sin embargo, comenzaba a preguntarse cuándo sus venas habían dejado de llevar sangre para transportar glaciares. Intentó desviar la mirada para que ella no notara el profundo terror que comenzaba a invadirlo. Vio bosquejos, estatuas descartadas, manos y pies desgarrados en mármol, símbolos en una pizarra, escrituras que reconocía como las más antiguas que hubiera visto alguna vez, una pira para libaciones, una escultura de un yaciente tan perfecta que lo hubiera pensado vivo, también un incensario, un altar para antiguos lares…

—¡Te pregunté quién eras! —gritó cuanto pudo, buscando que ese hecho envalentonado fuera suficiente para espantar al frío que le helaba hasta la propia conciencia.

—No podrías con esa información.

—¡Trabajo con Alba! Si vas a matarme… merezco que me digas.

—¡Andrómeda! Andrómeda…

«No te detengas, no te detengas… Corazón no te detengas», comenzó a repetirse sin pensar en nada más que en la impresión que acababa de llevarse y lo que podría implicar esa declaración.

Un estruendo seco y breve seguido de vidrios cayendo lo sacó de un pensamiento miserable para sumirlo en otro peor. Vio desplomarse a Alex al tiempo que un vozarrón llenaba la estancia.

—¿Estás bien? ¡Franco!

—¿Hernández?

— Que si estás bien…

—No… Todo da vueltas.

Permitió sin pudores que el subcomisario lo ayudara a ponerse de pie, sosteniéndose de él hasta que fue capaz de permanecer erguido por sí mismo.

—Juro que no entiendo.

—No suele haber demasiadas mujeres que se convierten en asesinas seriales. Dicho esto —añadió—, creo que estaba loca.

Estaba pálido y le temblaban las manos, tan con nervios acumulados que no se había dado cuenta de que un hilo de sangre corría desde la ceja izquierda de Hernández hasta teñir el resto de su cara y escurrirse por el cuello de la camisa.

—No vi que estaba lastimado.

—Parece que estoy más acostumbrado que vos a recibir golpes, Franco. —Lo tomó por los hombros y lo miró de frente, a los ojos, buscando pacificar sus ánimos, los de ambos—. Nos vamos de acá ahora mismo, cuando tengamos buena señal, llamo para que venga la científica y procese todo este desastre.

—Necesito ver más…

—No, no tenés nada que ver. Vamos…

La mirada perspicaz de Franco se posó sobre algunos bosquejos trazados con infinitos detalles en papeles avejentados que pendían de una pizarra cubierta de polvo y tiempo.

—Franco…

—Hay muchos idiomas acá: algunos son muy antiguos. Estas notas se parecen a algunas que tiene tía Alba… Hay una obsesión con ciertas antropogonías y con las cosmogonías en general.

—Franco: vamos.

—Más que un taller es un templo plurirreligioso… Esta es la torre… y Alex, la papisa que, al fin y al cabo, tiene que ver también con un conocimiento oculto… con la manifestación de lo que debería ser y no es… por eso estaba ofuscada y…

—No hay nada para vos acá.

—Falta el Ermitaño…

—¡Franco!

—Huelo magia en el aire… Algo no está bien acá.

—Nos vamos ahora mismo… No te tortures más.

—Le digo que hay algo más poderoso que nosotros acá… —Sacudió la cabeza para quitarse de la mente imágenes que ya no deseaba ver—. ¡Mató a Didier! ¿No se da cuenta? —estalló—. Yo tenía que acompañarlo en todo esto… Y fallé. —La voz se le quebró por primera vez en muchos años; estaba abatido y con una demasiado insuperable sensación de culpa—. ¿Cómo no me di cuenta? Necesito entender…

—Nadie se dio cuenta: no es tu culpa.

—Pero Alba… ella dio señales y no las pude interpretar… Yo…

—¿Vos, qué?

Una voz que no debería estar allí rompió el silencio y los regresó a un estado de alerta ya inesperado.

—No puede ser… ¡Te disparé, Alex!

—Andrómeda…

—¿Quién carajos es Andrómeda?

Franco, a fuerza de orgullo, se irguió antes de responder.

—La princesa etíope rescatada por Perseo de las garras de Ceto, el monstruo marino…

—Error: la que fue violada por Perseo y sus hombres hasta dejarla moribunda.

—No es lo que dice el mito…

—¿Mito? No sé qué mierda tiene que ver un puto mito… —El subcomisario movió la mano con lentitud, buscando desenfundar sin llamar la atención, sin alterar los ánimos de los demás más allá de lo que sabía se estaba aproximando.

—Habría jurado que pensabas distinto. —La mirada de Alex se posó en los ojos de Franco: penetrante, furiosa, desilusionada. Frunció el ceño y ensombreció el rostro—. Los años pasan, las edades pasan…

Hernández le apuntó al pecho.

—Estás loca…

—…y siempre hay alguien que busca lo que no puede tener: a veces un hombre, a veces una mujer… Y el sacrificio siempre es entregar al más inocente, no importa si es un niño o una mujer…

—Atada en una roca.

—Y desnuda. Me hacés dudar —dijo sonriendo, pero su sonrisa fue tétrica, amenazadora, melancólica—. Triste destino el mío: salvarme de una muerte espantosa, para convertirme en juez y verdugo de mis «salvadores»…

—Alex: ¡No te muevas!

—…por toda la eternidad.

—No te acerques —espetó Hernández al ver cómo comenzaba a avanzar hacia ellos. Le apuntó con su arma el pecho.

—¿En serio?

—No te muevas —ordenó al tiempo que elevaba el cañón de su nueve milímetros hasta que por el punto de mira dio en observar el entrecejo de la joven de quien ya no sabía absolutamente nada.

—Al fin y al cabo… eta es una oportunidad mucho mejor que otras… Como dije: podría seguir —afirmó y, en un acto de plena indolencia teñida de profunda resignación, se abalanzó sobre Franco.

La silenciosa lobreguez del ambiente se quebró en un instante con un nuevo estruendo, uno decidido a terminar con una muerte tanto dolor esparcido: una muerte para que no haya otras nunca más. Cerró los ojos y exhaló el aliento contenido durante los segundos mínimos que su dedo presionó el gatillo y, con él, un nuevo trozo de esperanza.

—¡Eso duele! Y arde como el centro del cetro de Hades mismo. —La risa estridente de quien fuera Alex retumbó hasta hacerse eco en la naturaleza abrumadora que los rodeaba, hasta la casa principal, hasta el cadáver de Magallanes, hasta el fondo mismo de las almas que la observaban ya sin poder mover los cuerpos que las cobijaban.

—¡No!

—Si no me hizo nada antes…

—¡No! —gritó nuevamente Hernández sin poder evitar el ataque desenfrenado que fue directo al cuello del joven que miraba entre horrores y desesperación cómo la muchacha con quien había estado pocos días antes entre placeres que había creído dulces, y ahora estaba a punto de quebrarle el cuello.

Franco no pudo evitarlo y, entre un parpadeo y otro, la imaginó riendo, la imaginó huyendo de la mirada inquisidora de Alba, también doliente y desnuda, desarmada y traicionada.

—Andrómeda… —Los dedos en su cuello parecían garras. ¿Por qué no reaccionaba el policía? Porque nunca nadie le había explicado que *el* mundo es en realidad más grande que *su* mundo. Temblaba, y sabía que era agonía verdadera, la que precede a la muerte que busca ser segura, no por la agonía orgásmica que la misma mujer le había regalado. Desnuda y...

Un último hálito de frescura irracional le dio alguna traza extra de vigor impensado. ¿Cuánto había pasado? ¿Un minuto? ¿Quince segundos? ¿Dos, ocho, un siglo, diez?

La empujó con todas sus fuerzas para alejarla lo más posible de sí mismo.

—...la que fue atada a los riscos desnuda —concluyó y, empuñando con fuerza la navaja que había quedado olvidada, la señaló con decisión—... y con solo un collar de perlas negras.

Luego, gritó con todas sus fuerzas, más para sí mismo, para darse ánimo y concentración. Hernández lo vio contraatacar abalanzándose sobre la mujer y solo entonces reaccionó para ir en su ayuda, aun sin saber cómo. Sin embargo, frenó su alocada carrera cuando reparó en lo que Franco estaba haciendo: con un solo movimiento, cortaba irremisiblemente la delgadísima cadena dorada de la que pendían las perlas negras que formaban aquel diseño único e hipnótico. Escuchó a Alex profiriendo palabras en un idioma que nunca antes había escuchado... y a Franco responderle con fluidez... mientras ella caía de rodillas, desarmada de delirio y desazón.

—¿Qué hiciste? ¿Cómo...?

—Pigmalión... Este lugar... —No quiso continuar hablando: tampoco hubiera podido. Se irguió y, siguiendo solo lo que su propio instinto le dictaba, comenzó a patear lejos de Andrómeda cada una de las perlas que habían rodado por el suelo, dispersas y frías, inertes y sin la magia que las uniera.

Por un momento, una negrura súbita lo llenó todo hasta que por las venas de los dos hombres corriera solo pavor, pero ya no uno que los terrores les evitaran ser, sino uno que llegaría provisto de una claridad diferente. No duró la extraña noche, o ni siquiera existió. Tal vez fuera una manifestación de la tristeza agónica que los rodeaba.

Hernández se acercó a Franco para comprobar que estuviera tan bien como fuera posible. Escucharon un nuevo grito de Alex, aunque quedo y quejumbroso, que iba apagándose conforme la luminiscencia regresaba a la estancia. La vieron en agonía, entumeciéndose, levantar la cabeza hacia ellos en un gesto pleno de dolor y tristeza, abrir la boca para una última palabra que no pudo ser, ensordecida entre unas cuerdas vocales endurecidas. La vieron no moverse más, tiesos los músculos, tieso el gesto y hasta cada uno de sus cabellos... convertida en piedra, en un mármol blanquísimo teñido tan solo de sombras rosáceas.

Luego, nada más que silencio.

PERLAS NEGRAS SOBRE MÁRMOL BLANCO - 166

19
En la bruma

Un frío de siglos pobló en invernáculo hasta tomar la forma de una leve bruma, ambarina y espectral, polvorienta. La temperatura iba descendiendo cuanto más densa se presentaba la nueva atmósfera que lo cubría todo. Los grandes ventanales del invernáculo se empañaron hasta que lo exterior fue un recuerdo lejano y miserable.

—No sé si quiero preguntar.

—Es magia, Sub.

—¿Magia? ¡No me jodas!

—Pero magia inconclusa.

Franco pasó la mano sobre la superficie helada del pequeño altar que había visto antes. Tomó una caja de fósforos que encontró a un lado y encendió una por una las velas de un viejo candelero. Los cirios no sólo proporcionaron algo más de luz, sino que también fueron una pequeña fuente de calor, aunque necesaria y suficiente para que los dos hombres dejaron de tiritar. Se agachó no sin dificultad, y tomó entre sus dedos una de las perlas que se habían dispersado por todo el suelo del invernáculo y la guardó con decisión.

Aún entre la bruma que se negaba a dispersarse, pudieron ver más detalles del taller que, después de todo, era también templo y cobijo. En el centro, la peana vacía clamaba en silencio la presencia de algún ídolo perdido.

Nada había a los ojos de Franco que mereciera ese honor, a excepción, tal vez, de la estatua del yaciente. Aunque polvorienta y descolorida, tenía una calidad meritoria de extremo realismo. No podía dejar de preguntarse quién habría sido el artífice de tales obras escultóricas, quién el mago, al fin, capaz del prodigio que fuera Alex.

—Esto me supera, ¿sabés? Mirá: me considero un hombre de acción, sí, pero con una poderosa capacidad deductiva, con una lógica inquebrantable que nunca, pero nunca hubiera admitido acontecimientos que podría explicar con... ¡Dios! ¡Con magia! Es una locura esto...

—Va a necesitar abrir más la mente todavía...

—Franco, ¿vos creés en la reencarnación?

—No es una reencarnación, Ricardo.

—Te juro que no entiendo nada.

—En todas las mitologías siempre hay alguien que consigue robarles a los dioses el secreto de la vida., a veces también el de la muerte. Quien haya hecho esto, sabía muy bien lo que estaba haciendo. Yo creo que...

—¡Decime que no va a volver!

Sintió la mano de Hernández tomándolo con fuerza por un hombro y jalándolo hacia atrás con un movimiento seco y decidido. Trastabilló y logró equilibrarse, todo en un parpadeo. Luego, un estrépito. Cuando reaccionó, vio a Hernández empuñando un martillo partidor de mango largo. Iba hecho una furia, decidido a todo. Intentó detenerlo, pero se quedó expectante, siendo testigo de cómo los golpes furiosos y reiterados iban mellando, quebrando y partiendo en pedazos la escultura que tenían en frente, la que había sido Alex y también Andrómeda enajenada por una venganza sin tiempo. Y tenía razón, en su desolación y arrebato.

—Sub... —Le detuvo el brazo antes de un nuevo golpe—. Creo que ya está...

—Necesito... —Tomó aire hasta llenar por completo sus pulmones y lo retuvo por algunos segundos—. Necesito llamar para que procesen la escena. Juro que no sé qué vamos a decir. Porque explicar esto...

—No va a hacer falta —aseguró y, tomando con determinación el candil, comenzó a prender fuego a los libros, papeles sueltos e ídolos que fue encontrando a su paso.

—¿Qué hacés? ¿Estás loco?

—Menos evidencias, menos problemas para explicar... ¿O le va a decir al juez que la magia...?

—¡A... ayuda!

Una voz que parecía lejana llegaba hasta ellos abriéndose paso entre la incipiente humareda.

—¿Qué hicieron? ¿Qué hicieron?

El murmullo creciente llegaba desde el suelo.

—¿Qué me pasó? ¿Dónde está mi hermosa escultura?

No fue a causa del humo que comenzaba a llenar la estancia, pero los hombres dejaron de respirar. Delante de ellos, como llegado de un sueño improbable, entre la espesura del hollín y la bruma y el polvo y el tiempo y los horrores, la estatua del yaciente era ahora un hombre sin nombre, anciano y harapiento, desvalido, y angustiado por la pérdida de sus más preciados tesoros.

Posludio

—¿Lo sabías?

La anciana hizo silencio.

—¡Dejaste que matara a Didier, Alba!

—Era necesario…

—¡¿Necesario?!

Franco se tomaba de la cabeza intentando comprender la inexpresividad abúlica de la mujer a la que le debía tanto.

—¿Quién creés que era —declaró casi en un suspiro, incluso pareció retener el tiempo hasta pensar cómo seguir— el verdadero monstruo de Saint-Aunès?

La anciana se levantó y, tomándole la cabeza con ambas manos, lo obligó a mirarla a los ojos.

—No entiendo…

—El día debía llegar de alguna manera.

—Tampoco yo entiendo. ¿De qué está hablando? ¿Didier…?

—La justicia es la justicia y, como bien saben, nadie nunca se escapa de una erinia… —El gesto incrédulo del subcomisario Hernández la hizo sonreír con un aire de superioridad que lograba, siempre, incomodar a sus interlocutores—. No todos los mitos son ficción, señor Hernández, tal como lo ha podido comprobar usted mismo.

—¿Una erinia? —Frunció el gesto denotando incredulidad.

—¿Acaso no recuerda quiénes son? Creí haber sido muy clara…

—¿Está diciendo que algo así como la Justicia Divina fue quien mató a Didier y a todos esos tipos? Disculpe usted, pero ¡no me joda!

—¿A dónde cree usted que van los seres mitológicos cuando caen las culturas que los crearon, mi estimado Hernández? —

Con un gesto, lo invitó a sentarse junto a Franco en el sofá que daba al amplio ventanal con vista a la ciudad, y se ubicó frente a ellos. La noche llegaba con tornasoles violáceos en un cielo de cuarto creciente y extrañas luminiscencias—. Alex era un alma antigua, muy antigua y atormentada: lo supe el mismo día que la conocí.

—¿Quiere decir que pudiste evitar esas muertes? ¿Por qué no lo hiciste?

—Porque no sabía exactamente quién era y porque… mis queridos, esas personas… al fin y al cabo, lo merecían.

Su gesto altivo y señorial impidió que el subcomisario se pusiera de pie y se fuera de allí en un arranque de ira entendible y profundamente humano.

—Debería arrestarla…

—Si los hombres no desearan ser dioses…

—…no habría imbéciles tratando de regresar a la vida a muertos o deidades —continuó Franco en un suspiro de eterna resignación.

Hubo un silencio que pareció quebrar toda noción del tiempo pero que, sin embargo, no resultó incómodo. El subcomisario hizo un gesto que le permitió creer más allá de lo visible, de lo experimentado a lo largo de su vida. Creyó por tantos años de incredulidad, aunque en el fondo de su alma siempre había sabido que todo el espectro de lo visible, de lo tangible y lógico no podía ser todo. Recordó en un flash sus años de enloquecida juventud, curioso siempre de las mitologías más tradicionales y deseoso de las más exóticas.

—¿Era un gólem?

—No. Esas almas viejas y vengativas siempre encuentran la manera de regresar: si el Juicio Divino les prohíbe un cuerpo, encuentran una chicana, por decirlo de alguna manera.

—Pero…

—Debe haber estado años, muchos años planeando, buscando ser parte hasta que consiguió descargar su ira, creyendo que era justicia.

—¿Qué tienen que ver el monstruo de Saint-Aunès con Andrómeda?

—Nada… o todo. Depende de cuánto crea usted en las Moiras. A veces el destino es más que una simple acumulación de acontecimientos inconexos. A veces, los más disímiles marcan la diferencia entre el castigo que debe ser y el que es en verdad. Un alma monstruosa, domada y escondida en la piel de un hombrecillo insignificante como Didier Donarrumma no hubiera sido expuesta nunca en condiciones más «normales». La historia de Saint-Aunès tal vez debería quedar en el silencio más sensato… pero la de Andrómeda, no queda solo en el mito.

—¡Por Dios! ¿Por qué la dejó hacer?

—¡Porque ya estoy vieja! —admitió con la voz entrecortada—. Ya no puedo hacer lo que debo sola. Y fue un buen brazo ejecutor.

—Señora Alba…

—¿Todavía no entiende quién soy?

—Ricardo, por favor: ¡Ella es una erinia! Y yo, simple y terriblemente, no he podido apartarme de ella.

—¡Mi querido Orestes! Nunca voy a dejarte solo —afirmó Alecto, endureciendo la habitual dulce voz de Alba.

—¿Orestes? ¿El que fue perdonado?

—*Yo* no lo perdoné —añadió con dureza—, pero lo convertí en mi protegido. —Hizo un breve silencio antes de continuar —. Y usted, subcomisario Ricardo Hernández… ¿Ya sabe qué es lo que me debe?

❞ F I N ❟

Índice